見知らぬ記憶

小林紀晴

平凡社

見知らぬ記憶

目次

装幀　松田行正＋杉本聖士

過去を撮る

父が御柱《おんばしら》から角のように二本突き出したメドデコと呼ばれる柱に乗る姿を、古いアルバムのなかの写真に見つけた。その中心に父がいた。父の生前から、アルバムの存在は知っていたし、何度か見た記憶がある。父が亡くなってしばらくしてから、改めてアルバムをしっかりと見てみた。たとえ一冊のアルバムであっても、一人の人間の過去に撮られたほぼすべての写真がそこに集められていることを考えれば、濃密な時間の連なりだ。

写真の脇に奇妙な書き込みを見つけた。

「メドデコに乗り、ご機嫌な一治クン」

一治とは父の名だ。筆跡からして、書き入れたのは本人に違いない。

そこに立つ父を、私は直接見たことがない。当然のことだ。写真が撮られたとき、まだ私は生まれていないのだから。ただ、私はその場面を直接見たことがある気がする。絶対に見たことなどないのに、見たことがあると。

七年ごとに似たような場面を何度も目にするからだ。同じことが延々と繰り返されるのだ。

だから、目を閉じれば私は御柱に乗る亡霊たちの姿を目蓋の裏側に描くことができる。

御柱街道と呼ばれる細い県道を、八ヶ岳の山奥で伐採された御柱は七年に一度だけ下ってゆく。「よいてこしょ、よいてこしょ」「よっさ、よっさ」という掛け声とともに、遠い過去からいままで曳《ひ》かれた膨大な御柱の行列が、まざまざと目に浮かぶようだ。だから、見たこともない昭和三〇年代の父の姿を、あたかも見たことがあると感じるのだ。

やはり祖父の古いアルバムのなかに、祖父が長持《ながもち》の装束をつけ、立っている姿を見つけた。父の写真を見たときとは違う感覚を覚えた。祖父がそれに参加していたとは知らなかったからだ。

長持とは、諏訪に古くから伝わる男性による踊りのことで、もともと大名行列にも用いられる衣類や寝具などを入れた収納具と運搬具を兼ねたものをさすのだが、諏訪のそれは御柱祭の際に予備の綱を運んだり、御柱に直接携わる氏子の身のまわりのものや弁当などを運んでいたものが、時代を経るなかで次第に見せものへと変化していったといわれている。

御柱の曳行《えいこう》とは別に、たとえばコンビニの駐車場や車が通らなくなった車道などで、祭りに訪れた人たちを楽しませるためのもの、という印象がある。

諏訪の長持は棹が異様に長いのが特徴で、それをギィギィとしならせて上下に大きく揺らす。踊り子たちは長持唄を口にしながら、杖で地面を叩き、次に空に向ける。それでリズムをとる。一歩進んでは、また戻る。

長持の正面には巨大なおかめの面がくくりつけられている。何故、おかめなのか。誰に聞いても「知らない」とか「わからない」という答えしか戻ってこない。やっている者たちにとって、そんなことはどうでもいいことなのだろう。過去から受け継いできたのだから、自分もただそれを継いでいく。その意思に支えられている気がする。

私は品川のギャラリーで写真展を開催した。内容は三〇代半ばから最近まで、約八年の時間のなかで日本のあちこちで撮りためてきた祭りや聖地などの写真だ。

震災後に発表するからには、何かしらの意思、問いかけを発しなくてはいけないという思いがあった。だから入口付近に、一番最初に宮城県南三陸町の高台から撮影した海の写真を展示した。どうしてもその写真を最初の一枚としたかった。

震災から五ヶ月後、私は被災地を初めて訪れた。津波によってほとんどの建物が流された市街を訪ねたあと、高台に登った。そこには小さなカフェがあって、そのテラスからしばらく海を見ていた。するとさっきまで晴れていたのに、沖の方から霧が立ちこめてきた。思わず津波を連想した。やがて、空は霧で真っ白になった。海にもそれは広がり始めた。穏やかなのに不穏だった。シャッターを押した。

その写真に次のような文章を添えた。

私はニューヨークから帰国してから、何度も読んだ一冊の本を改めて手にとった。『写真論』の著者として知られている作家であり批評家であるアメリカ人のスーザン・ソンタグ（一九三三―二〇〇四）が書いた『他者の苦痛へのまなざし』（みすず書房）。そのなかにプラトンの『国家』の文章が引用されている。そこに〈呪われた眼〉という言葉が使われている。

一人の男が、処刑された死体が地面に横たわっていることを知る。男は近くに行って、見てみたいと思う。同時に嫌悪を感じ、引き返そうとする。しばらく煩悶し目を覆っていたが、やがて欲望に勝てずに目を見開き、死体に駆け寄ってこう叫ぶ。

「さあ来たぞ。お前たち呪われた眼よ。この美しい光景を思いきり楽しめ」

人は誰でも〈呪われた眼〉を持っているのだとプラトンは言う。

この一文を再読したとき、私は被災地に写真を撮りに行くべきではないと思った。しかし、震災から五ヶ月後に私は被災地へ向かった。人に背中を押されるかたちだった。南三陸町の高台から海を望んだ。来るべきではないと思っていたのに、私はやはり来たかったのだ。何より、見たかったのだ。

海にカメラを向けながら、みずからの〈呪われた眼〉を自覚した。

私は国道１１４号線を福島市内から東へ、車を走らせた。福島市から先は初めて訪れる地だった。海に向かって進めば、必ずどこかで道は通行止めとなる。それは明らかなはずだ。先には行けないまでも、その地点はどうなっているのか。どんなかたちをしているのか。どのように道は終わり、その続きはどう始まっているのかを、見ておきたかった。

通行止めにされたその脇に川が流れているとしたら、そこはどうなっているのか、地続きに連なっている山はどのようなかたちをしているのか。それらを自分の目で確かめてみたかった。

早朝に東京から乗った新幹線は、宇都宮を過ぎてしばらくした頃から、窓の向こうを雪景色に変えた。積雪量はたいしたことはなかったが、浅い雪があたり一面を包んだ。

福島に限らず東北の山は緩やかな山肌が幾つも重なっている。長野で生まれ育った私にとって、なじみのないものだ。山は常に目の前に立ちはだかるもので、だからトンネルを抜けるか、険しい峠を越えるか、大きく迂回するかしかないという意識がある。それに対し、目の前の山々は波打つ水面を連想させた。緩やかな連なりだ。豊かさの象徴のようにも感じられた。

次第に人の気配がなくなっていく。道路側にロープが張られている家を何軒か通過した。人が住んでいるとは思えなかった。窓もドアも閉じられている。洗濯物なども一切ない。ロープの近くに立て札があった。車を止めた。「除染完了 立ち入り禁止」と書かれていた。

さらに行くと、土手などで作業をしている人の姿を時々、見かけた。作業着を着た顔には厳重なマスクがあった。除染作業中の作業員たちだった。

陽当たりのいい交差点に出た。民家が集中している。点滅を繰り返すだけの信号の下には土地の名前が記されていた。地名を知ったところで、心当たりがあるわけでもなかった。私はこの地について何も知らないに等しい。

「交通事故ゼロをめざそう！」と書かれた大きな看板。一番目につくのはカラスと猫。やっと人影を見かけた。背後にプレハブの建物があった。木の板に「特別警戒パトロール中」と書かれていた。警察の詰所かと思ったら、地元の自衛団の方々だった。

牛舎があった。放牧のための囲いもあった。牛の姿はなかった。

二年近く前に突然姿を変えた。変わらざるをえなかった。初めて訪れた場所なのに、そのことだけはわかっていた。

延々と点滅している信号からそう思ったのか？

カラスの多さからか？

対向車と擦れ違わないからか？

気配からか？

予備知識からか？

見えないはずの放射能を感じるからか？

以前の町の姿を想像することは、あるところ、たやすい。変わっているものより、変わっていないものの方が多いはずだからだ。

何かが崩れたり、なぎ倒されたり、瓦礫になっているわけではない。何が変わって、何が変わっていないかの境目がぼんやりしているというのに、根幹はまだしっかりとある。

セイタカアワダチソウに埋め尽くされた平らな土地が幾つもあった。事故によって突然耕されなくなった田んぼだろうことは、想像がついた。そこだけが時間を逆戻りできない強い力に押されていた。


次第に両側に山が迫ってきた。谷底近くを国道は走っている。まったく対向車はなかった。二年近く前のあの日、対向車線を逆に西に向かって、どれほどの車がここを過ぎたのだろうか。遠くに白いものが見えた。警察のくすんだ青色の車輛も見えた。道がふさがれていた。

車を止めて、外に出た。

「何の用ですか」

理由が浮かばず、「カメラマンです……」と答えると「もし写真を撮るのだったら、書類に記入してもらわないといけない」と言われた。

「いえ、ただ見に来ただけです、すぐ帰ります」

素早く数枚だけ写真を撮った。小さな川が国道のすぐ下を東から西へ流れていた。そこにもカメラを向けた。警察の車輛の向こうに、道は山に分け入るように見えなくなった。山は薄《うっす》らと雪をかぶっていた。

その足で福島第一原発から五〇キロメートルほどの距離にある隠津島《おきつしま》神社の参宿所に向かった。翌日、九五〇年余り前から続いているといわれている「木幡《こはた》の幡祭《はたまつ》り」が行われるからだ。今年の権立《ごんだち》に選ばれた若者（一八歳から二〇歳くらい）が身を清める儀式である「水垢離《みずごり》」がこの夜、行われる。神主さんの指示のもと、闇のなか、神社の近くの池の水で男ばかり若者たちが身体を清めるのだ。

水垢離を行う前、参宿所の部屋で神主さんが若者を前に朗々と語り始めた。

「この地域で亡くなった人たちの霊は羽山《はやま》にある。先祖の霊に感謝し、お米が不足なく収穫できることを願い、身を清めて羽山の神様に祈ります」

翌朝、町の中心の小学校の校庭に、幟《のぼり》のような幡を持ち、白い装束を着た男たちがぞろぞろと集まってきた。五色に彩られた長さ約九メートルの幡を掲げ、木幡の町から羽山を通り、木幡山まで練り歩くのだ。幡の数は一〇〇本以上ある。壮観だった。

祭りの由来は天喜三年（一〇五五）までさかのぼる。源頼義とその子、義家が率いる軍勢が戦いに敗れこの付近の農家に宿をとっていた。すると夜に天女が夢に現れ、「弁財天宮で祈願すれば願いが叶うだろう」と告げられ、神社に祈願した。その夜、雪が降り、山上の木々がすべて源氏の「白旗」のように見えて、攻めてきた安倍貞任《あべのさだとう》らは、これを源氏の大群と勘違いして、戦わずして退散してしまったと伝えられている。つまり幡は白旗にちなんでいる。

水垢離を終えた権立の三人が幡を携えた人の行列の先頭に立っていた。昨晩は白い着物姿だったが、打って変わって、やたらと派手な着物を着ている。母親の襦袢《じゅばん》か赤地の着物と決まっているのだという。それを着ることにより、穢《けが》れを祓《はら》う意味があるという。何より目をひくのは、木の幹から削り出された一抱えもある「太刀《たち》」をヒモで結び、胸のあたりに斜めにかけていることだった。それは男根をかたどっていた。さらに「袈裟」と呼ばれる三つ編みにした縄に紙花をつけて縛ったものを首にかけている。

出立式では祭りの主催者から「浪江《なみえ》町から避難してきた人たちも祭りに参加しています。切ない日々を過ごしていると思いますが、未来を見ていきましょう」という挨拶もされた。

昼過ぎ、山中に入った幡行列から権立の三人だけ途中で違う道へ別れる。羽山神社から険しい斜面を下るのだ。私はその後についていった。

獣道のような細い道をしばらく行くと、巨大な二つの石が現れた。石と石はほとんど接していた。ただ、よく見ると人が横になってやっと通れるほどの隙間がある。太刀を巨石の前方に納め置き、空身になった権立が一人ずつ、その間を通る「胎内くぐり」の儀式がここで行われるのだ。

写真を撮るために巨石より斜面の下に私は陣取った。巨石の上、険しい斜面の上の方から声がしたので仰ぎ見ると、飛び込み台を連想させる石の上に年配の男性が仁王立ちしていたのでぎょっとした。

巨石の反対側から権立が身体を横にして岩肌にこすりつけながら、こちら側にやっと抜けて

きた。そして、くわえていた一〇〇円玉を口から落とした。すると、岩の上にいた男性が声を張り上げた。

「八幡《はちまん》太郎と申す」

権立の前には年配の男性が立ち、頭上の男と向きあう形となった。何ごとかをやはり大きな声で返し、しばらく問答みたいなものを繰り返した。八幡太郎とは源義家のことだとあとで知った。

やがて、背後から「うまっちゃ、うまっちゃ」という声が聞こえた。権立は新しい人間として、たったいま生まれ変わったのだ。それを祝福しているのだった。

目の前のできごとは美しかった。膨大な過去の人の意思を見たような気がしたからだ。死と再生の儀式が、静かに人知れず脈々とここで行われてきたのだ。私はこの場に居合わせることができてよかったと思った。

すべてが終わり、改めて権立の若者の足元付近を見て驚いた。無数の太刀が折り重なっていたからだ。一番上のものは、今年の三人が置いたものだ。輝いている。その下には昨年のもの、さらに下には一昨年のもの、その下にはもっと朽ちたものが幾重にも重なっている。下になるほど、形はわからなくなっていた。

九五〇年という時間の長さを想像することはできない。見ることもできない。でも私は、足元に埋まる膨大な数の太刀を目にして、想像が及ぶような気持ちになる。ここがここでなくて

はならない、ここに代わる場所はどこにもない、と強く感じる。

ここにも目には見えない物質は降り注いだはずだ。この石の割れ目にも、重なり朽ちてゆく太刀の上にもやって来たはずだ。そして昨日、訪れた行き止まりについて私は考える。さらにはその先について。物質の数値を測る器械を私は持っていない。私だけではなく、ここに集まった誰一人として、それを手にしていない。

私は過去を目撃した、過去を撮ったという気持ちになった。すると、では、と考えずにはいられない。未来も、と。何故か撮れるはずもない未来を撮ってしまったという思いに陥った。過去に生きた誰かが、こんな未来を想像していただろうか。九五〇年前の人は、一〇〇年前の人は、この未来を想像しただろうか。いや、絶対にできないはずだ。だから、よけいに私は未来を見てしまった気がするのだろうか。

夕方、雪は溶け始めた。私は三人の権立と一緒に見晴台から眼下の山々を望んだ。空気は澄んでいる。大きく息を吸ってみた。何一つ、違和感を抱くものはなかった。

犬の名

路地の奥へ向かった。そもそも、そんなつもりはなかった。駅前のチェーン店の居酒屋で十分だった。

しかし、駅前のチェーン店は看板だけ残して閉店していた。ガラスはホコリだらけで、雨の滴がその上に降りそそいだのだろうか、あちこちがまだら模様に汚れていた。これを水垢《みずあか》というのだろうか。きっと違うだろうなとぼんやりと考えていると、昼間見た特急列車の車輛のことが思い出された。

止まったままの特急スーパーひたち号。私が投宿したビジネスホテルは駅の脇にあって、チェックインしてレースのカーテンを開けて眼下を望むと、駅舎がすぐそこに見えた。ホームには白い半袖の制服を着た高校生の姿があった。夏らしい光景で、いってみれば、地方のどこにでもありそうな眺めだ。

手前に線路が走っていて、スーパーひたち号は錆《さ》びたレールの上に停車していた。車両の色は白。どういうわけか、遠くから見ても明らかに違和感があった。くすみ、薄らと汚れている。水垢だろうか、とそのとき最初に考えたのだ。ふと、あのスーパーひたち号は上野に帰ることができなくなってしまったのではないだろうか、と思った。

まだ日が落ちないうちに駅の周りを歩いたとき、車輌の近くまで行ってみた。乗客の姿はなく、明かりもついていなかった。幽霊列車という言葉が自然と頭に浮かび、放置されて久しい空き家を連想させた。

詳しいことはあとで知った。震災の直前に上野からこの駅まで到着し、折り返して再び上野行きの特急列車となるはずだった。それが突然の地震によりできなくなった。上野とのあいだには福島第一原発がある。逆の仙台方向は津波により、線路が流されてしまった。だから別の路線を使って車輌を上野に運ぶこともできず、あの日、あのとき以来スーパーひたち号は上野に帰ることができなくなってしまった。帰る道をいまも失ったままなのだ。

現在、短い区間を普通電車が往復している。駅は四つだけ。その脇でスーパーひたち号はじっと上野へ帰る日を待っている（二〇一六年三月に撤去された）。

駅前のチェーン店が閉店していることと震災の関係はわからない。チェーン店の次に向かった表通りの大きめの居酒屋は客で一杯だった。年に一度のお祭りの晩だからだろう。次の店も一杯で断られた。だから、路地の奥へ奥へと入ることになった。そして暗闇のなかに赤提灯を見つけた。

地方のロケではよほどの理由がないかぎり、夜はどこか店に入ってお酒を飲むことにしてい

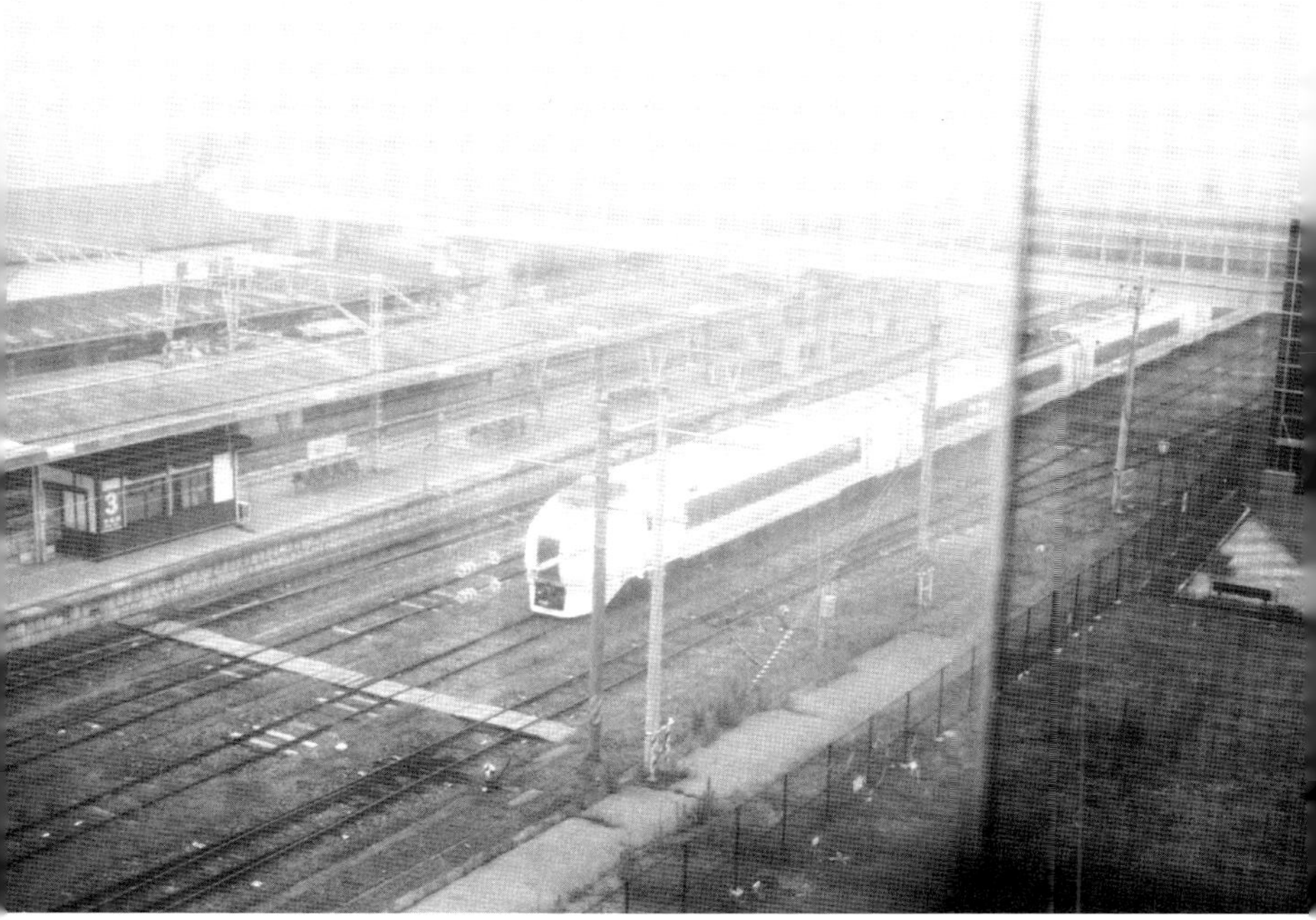

る。それが最大の楽しみだ。だから少し躊躇《ちゅうちょ》したが、私は思い切ってのれんをくぐった。入らなければ、ビジネスホテルで缶ビールを傾けるしかない。

カウンターとテーブルが数席だけだった。でも店内は意外と広かった。カウンターの向こうに六〇代ほどの店主がいた。カウンターにも似たような歳の男がいた。客がいることに私は安心し、男とは少し離れたカウンターの端に座って生ビールを頼んだ。店主の背後の冷蔵庫にマグネットで留められた紙に「玉子焼き」と書かれていたので、それを注文した。

しばらくして、店主が私に話しかけていた。どこから来たのかと。

「東京です」

「なにしに来た？　馬追い、見に来たのか？」

「はい」

正直に答えた。

「小学生みたいなこと言って」

幾つもの市町村にまたがり相馬野馬追《そうまのまおい》は行われる。福島第一原発の影響をもっとも色濃く受けた祭り、といって間違いないだろう。避難指示区域にも開催地域が大きくかかっているからだ。そのため震災の年は中止も検討されたが、規模をかなり縮小するかたちで行われた。中止されてもまったく不思議ではなかったのに開催されたと知り、この祭りが地元にとって大きな拠り所となっているのだろうと感じた。だから、いつか必ず行ってみたいと思った。そして震災から三年目にやっと訪れることができた。

昼間、メインイベントである甲冑《かっちゅう》競馬を見た。白鉢巻きを巻き、背中に旗指し物をつけ、一○○○メートルほどの距離を全力疾走する。落馬が何度か起きた。興奮した馬がコースを逆走し、その馬を止めようとした。やはり甲冑を身につけた人が、馬に跳ね飛ばされたりもした。そのたびに待機していた救急車が赤色灯だけを点し、負傷した人を乗せて、静かに走り去っていった。晴れ舞台だけに、その姿は痛々しかった。

私の脇で観戦していた女性は、夫が次のレースに出場するのだと言った。

「落馬だけはしないでほしい」

まさか、と思っていると本当に落馬した。女性は「ああ、落馬しちゃったあ」とだけ口にして走り去った。

私は店主に、「思っていた以上に荒々しい祭りで驚きました」と口にしてから、落馬のことなどを話した。店主は馬追いのことに詳しかった。兄弟がかつて深く関わっていたからだった。

私は写真を撮ることを職業としていると告げた。

「急に犬小屋からモモがいなくなって、どうしたずらかと思って、じいちゃんが帰ってくるまで待って、『モモがいなくなった』って言ったら、『いま食べてきた。だで、もういねえ』っていうだよ。モモを犬会《けんかい》にかけただよ。あんときは、ふんとに、ふんとに驚いた」

母の犬会の話はいつもそんなふうに始まった。何度も聞かされた。モモというのは母が幼い頃に実家で飼っていた犬の名だ。母が特別にモモを可愛がっていたことも何度も聞かされた。母は何かきっかけでもあって思い出すのだろうか、独り言の続きのように、時折口にした。いつでも唐突だった。

私は「その話、前も聞いたよ」などとはけっして口にせず、そのつもりもなかった。聞くたびに、飼い犬を食べるとはどういうことだろうか、と不思議な気持ちになったからだ。

幼い頃の私は祖父の行為を、なんて残酷なことをしたのだろうかとしか考えなかったが、あるときから祖父には祖父の飼い犬を食べるだけの理由があったのではないかと思うようになった。さらにモモを口にいれ、嚙み、味わい、喉を通すとき、どのような感情に包まれたのだろうか。おそらく辛《つら》かったのではないか。ただ、そのことを母に口にしてみる勇気がなく、母の実家に住んでいる祖父に訪ねる機会もなかった。

祖父は少し変わった人だった。母の実家は農業を営んでいたが、私の記憶にある祖父は木槌とノミを持っている姿ばかりだ。隠居してから木彫りに凝り、部屋にこもってひたすらそれを彫っていた。かっこ良くいえばアトリエということになるのだろうが、そんな木屑だらけの作業部屋があって、いつ訪ねていっても祖父はそこでトンカン、トンカンという弛緩した音とともに、何かを彫っていた。虎だったり、大黒様だったり、道祖神ふうのものだったりした。

現在それらは、すべて兄弟や親戚のところにある。大切に床の間に飾られていたりする。そうやって親族にあげることが、そもそもの目的だったのだろうか。

犬会とは近所の男たちが時々集まって、飼い犬を順番に食べる会のことだ。女と子供は関わらず、男だけ。食べられる犬のことを「犬会にかける」と表現したらしい。モモもそうやって犬会にかけられ、祖父と近所の男たちの腹に入った。戦後すぐのことだ。母は昭和一五年（一九四〇）生まれだから、小学生のときの記憶だろう。

犬会のメンバーが何人くらいいて、どのくらいの頻度で順番が回ってきたのかは知らない。少なくとも母からはモモ以外の飼い犬の名前は聞いたことがない。

モモは猟犬だった。祖父は農閑期には狩猟のために山によく入った。そのためにモモを飼っていたのだ。モモがキジやウサギを追い出すのだ。地元ではハンターのことを「鉄砲ぶち」と呼ぶ。もしかしたら、犬会のメンバーはみな鉄砲ぶちの男たちだったのかもしれない。その可能性は高い。

モモは優秀な犬だったという。キジとウサギをよく追った。待ち構えている祖父の前に動物が現れるようにするには、具体的にどんな動きをしたのだろうか。肝心なところはいまもわからないままだ。母もまたその場に居合わせたことなどないのだから、語りはしない。とにかく、モモはよくキジやウサギを藪から上手に追い出した。それを待ち構えて、祖父が散弾銃で撃つ。その肉を私も食べた。新聞紙に包まれたそれが、時々祖父から届けられた。私はそれが嫌いだった。いや、正確には怖かったのだ。新聞紙に包まれているということも、血のにじんだ赤い肉に動物の毛がゴミみたいについていることもだが、それよりかたい肉を噛んでいると、ときどき歯にカチンと散弾銃の鉛のタマがあたるのが怖くて仕方がなかった。

「タマがあったら、出せ。でも飲んだところで、大丈夫だで」

母も父も言った。でもスイカの種を出すような気持ちでは当然いられなかった。もし飲み込んでしまったら、自分もキジやウサギのように死んでしまうのではないかと、半ば本気で考えたし、おなかのなかで爆発でもするのではないかとも思った。だから、平常な気持ちでは食べられなかったのだ。母や父は何でもないことのように、口からタマを出した。釣りのオモリのような小さな球が幾つも皿の上に並んだ。

猟はもちろん必ずうまくいくわけではない。何も捕れなかったとき、祖父は家に帰ってから、モモを激しく叱ったという。それが私にはよくわからなかった。状況もうまく頭に描けなかった。果たして、犬を叱るとはどういうことだろうか。それは、つまり言葉によるはずだ。棒で叩くとか、平手打ちするわけではない。叱られるとモモは悲しげな鳴き声をあげたという。

「それほど頭がよかっただよ」

母は言う。そのたびに、子供のように直立したモモの前に祖父が仁王立ちしている姿が頭に浮かぶのだが、犬が立てるわけなどない。だから、私の想像は明らかに間違っている。

私は二杯目の生ビールを注文した。クーラーの電源は入っているようだが、店内は蒸し暑かった。その分だけビールは進んだ。

店主とカウンターに座った男は古くからの知り合いだと次第にわかってきた。二人のやりとりからだ。客として来ているというより、友人の家に遊びに来たという感じだった。だからお店を去るとき、代金を払うこともなく出て行くような気がした。実際に注意深く手元を見ると、湯飲み茶碗のほかに料理はなく、飲んでいるのはただのお茶のようだった。

「野馬追だけ撮るんだったら、こんなところまで来ない方がいいよ」

店主が口にした。

「オレが撮ってほしいのは、祭りじゃないから……。カメラマンだったら、普通じゃ入れないところへ入って、そこで起きていることを撮ってくれよ」

入れないところとは、警戒区域のことを指しているのだろう。言葉に詰まった。「はい」あるいは「いいえ」のどちらかしか答えてはいけないような気がしたけれど、私の気持ちはどちらでもないからだ。

変わってしまった地で変わらないものを見ること、それを撮ることで、「何か」を伝えたいというようなことを、正直に口にした。話しながら漠然としすぎていると思った。自分がしようとしていることは、結局、自分の「作品」を作るために他ならないと自覚させられた。

「何かって、なに？」

やはり答えられなかった。

「ところで、ここで写真を撮るのは、仕事か？　それとも遊びか？」

その言葉は思ってもいないものだった。

少なくとも遊びではない。私はここのところライフワークとして祭りを撮影している。だからその「作品」を撮るために来た。実際に雑誌に掲載する予定もある。だから仕事なのは間違いないが、いわゆる仕事とは微妙に違う気もする。

「作品」という言葉がそれを象徴している。日常の続きとして、私はその言葉をよく用いるが、改めて考えてみるとわからなくなる。

店主はそのことに敏感に気がついたのだ。あってもなくても、他者はたいして困らないもの。つまり多くの人が日々の生活のなかで必要なものを順番に並べていったら、かなりプライオリティが低いもの。表現する者たちはそれを「作品」と呼んでいるのではないか。「それは仕事か？　遊びか？」と聞かれ、言葉に詰まる種類のものだ。「仕事です」と即答する表現者がもしもいたら、少なくとも私はその者を信用しない。

東ティモールに行くのは五度目のことだった。二〇〇二年に分離独立したばかりの、アジアでもっとも若い国。目的ははっきりしている。ある企業の広告だ。

偶然通りかかった埃《ほこり》っぽい道路脇に、たくさんの水槽が並んだ店らしき建物があって、

「あれはなんですか？」

と私が問うと、助手席に座ったAさんが、「熱帯魚屋さんです」と教えてくれた。

私たちは四輪駆動車で山道を何時間も入った村で撮影を終えて、首都に戻ってきたばかりだった。後部座席に座った私は舗装された平らな道に安堵して、窓の外に見えたのでなんとなく口にしたにすぎなかった。特別な意味はなにもない。

Aさんはこの国に一〇年ほど住んでいて、この国の言葉であるテトゥン語が堪能だ。だから撮影の通訳として手伝ってもらうことになった。Aさんによるとテトゥン語を話せる日本人はほんの一〇人ほどしかいないという。

「この国の人たちも熱帯魚を飼うのですか」

熱帯の国の人が熱帯魚を飼うというのは、どういうことだろう。日本人が金魚を飼う感覚に近いのだろうか。

「この国の人たちにはペットを飼うという習慣がないし、それ以前にその概念がありません。説明しても理解できないんですよ。あのお店は日本人が経営しています。でも、この国の人たちもペットというものを次第に理解するようになってきました」

意識の変化は経済の発展と深く関係があるようだった。

「ただ、犬だけは別です。犬は家で飼っています」

「特別なんですね」

「そうです。ただペットとはちょっと違う気がして……名前をつけないからです」

「じゃあ、呼ぶときはなんと呼ぶんですか」

「ただ、犬です」

信じられなかった。でも逆にこの国の人たちから見たら、犬に名前をつけることの方が信じられないということになるのだろう。

「わけがあります。結局、食べるんですよ」

Aさんはいたずらをしたあとのような、ちょっと愉快な顔を後部座席の私に向けた。海外に長く住むことができる人だと感じた。順応とはきっとこんなことをさす。その土地の文化や風習を尊重しながらも、向こう側にはどっぷりはまらない。肯定しすぎたり、逆に否定することもない。ただ受け入れる。そして大事なのは面白がれることではないか。そんな人が異文化に順応できるはずだ。

「名前をつけないというのは、やっぱり愛着がわくからですか」

「そうだと思います」

「犬を食べるのは、年寄りになってからですか」

気になった。Aさんがまた私の方に急に振り返った。

「そんなわけないでしょ。まずいでしょ。丸々太らせて、若いうちに食べるにきまってます」

モモのことが自然と頭に浮かんだ。会ったこともない犬。名前を持ち、きっとその名前を自覚していたであろう犬。名前を持ちながら名付け親に食べられてしまった犬。モモはきっと若くはなかったはずだ。すでに鉄砲ぶちに出ることはなかっただろう。少なくとも、祖父は若いモモを食べたのではない。いままでどうして、このことに思いあたらなかったのか。

モモはペットだったのだろうか。終戦直後にペットを飼う感覚が当時のあの地域にあったかどうかは知らないが、少なくとも祖父にとっては違ったはずだ。なぜなら、ペットは本気で叱られることなどないだろうから。

私がさらに歳を重ねて、祖父の年齢に近づいたら、私はもっとモモと祖父との関係について、別のことに気がつくのだろうか、思いあたったりするのだろうか。

「この町に、犬を食べられる店はあるんですか」

私は訊ねた。

翌朝早く、私は南相馬市の小高《おだか》神社へ向かった。一〇〇〇年の歴史をもつ相馬馬追のなかで「昔の名残をとどめている唯一の神事」といわれている野馬懸《かけ》を見るためだ。御小人《おこびと》と呼ばれる人たちが神の贄《にえ》のために、野馬を素手で捕える。小雨が降るなか、白い馬が白い装束を着た御小人の男たちに捕えられるさまを見た。

このあたりは、昨年の春まで警戒区域に指定され立ち入ることができなかった。いまも夜間は立ち入りが制限されていて、日中の滞在しか許可されていない（二〇一六年に解除）。だからだろう、生活する者がいなくなった神社の周りの住宅街は祭りだというのに静まり返っていた。家、せせらぎ、赤い橋、電柱、柿の木、竹林、信号機、それらのあいだをどれほど歩いても、誰にも会わない。すると、ことごとくが、どこかへ帰るために、ものも言わずにじっとその日を待っているように思えてくるのだった。

私はそのまま海へ向かった。そこでは、残骸だけを見た。

消えた猿

『被災地は聖地だから、アタシの場合は行けない』
『お母さんを亡くした少女なんか目の前にしたら、
そりゃものすごい写真が撮れるよ。
でも　アタシにはそれはできなかった』

荒木経惟（「日本カメラ」二〇一二年一月号／日本経済新聞　二〇一四年一月八日夕刊）

『（被災地に行きたいと思ったのは震災後）すぐですよ。（略）
これだけのことが起きているのに、見なかったことにはできない。（略）
あの場所に立って、まったく新しい人間になった気がしていた』

篠山紀信（産経新聞　二〇一一年一二月一三〜一五日）

『三月一一日以降の世界で、ぼくができる唯一のことはまず動くことだった』

石川直樹（MAINICHI RT No.219）

『俺なんかが行っても、絶対表現したくなる自分がいて、
それ、駄目だからさ、それだけは』

森山大道（「ユリイカ」一月臨時増刊号　二〇一一年一二月）

『日本の歴史上類を見ないような自然災害による、大量の死と破壊ということなのですが、そのような圧倒的な出来事を前にしても「いい写真を」と願うのが写真家というものなのです。でも、見渡す限りの瓦礫の中で、自分の家族や知り合いのことを思うとき、そしてそれが写真に写せないと覚悟するとき、「いい写真」は、空疎な響きしかもたない言葉のように思えてくるのです』

畠山直哉（「アサヒカメラ」二〇一一年九月号）

『被災地の状況には、〝悲しみと美しさ〟が混在している。
僕は美しいと感じないとシャッターは切れない』

平間至（「アサヒカメラ」二〇一一年九月号）

『僕は写真を撮るために東北に来ている。

身体は写真を撮ることを欲するが、頭はそれを否定しようとする。

しかしそれでも、シャッターを切ることは、やめられなかった』

菱田雄介（『アフターマス――震災後の写真』二〇一一年一〇月　NTT出版）

『震災の夜、幼い頃から日常の生活のなかでずっと感じていたある種の違和感が、突然なくなった時間がありました。

「もの」から派生していた、欲望のカスみたいなものも流れていったのかもしれない。その事実に愕然とした』

志賀理江子（『螺旋海岸　notebook』二〇一三年一月　赤々舎）

『ボクも最初は行かないという選択をしました。

でも結果的に「週刊新潮」の仕事で、福島県のいわき市まで行ったんです。女子高生を白バックの前で撮って帰って来たら、編集長に呼び出されて「わざわざ現地に行っているのに、なんで瓦礫の前で撮らないんだ！」って言われました』

ホンマタカシ（『たのしい写真　3』二〇一四年一月　平凡社）

高校三年生の冬、私は東京の路上で猿を見た。受験のために上京し、地下鉄の中野坂上駅の地下からの階段を上ったすぐ近く、自動車整備店の店先だった。古い木造の建物、平屋だった記憶がある。機械オイルのシミがアスファルトまで幾つもしたたっていて、その匂いが鼻をついた。

歩道を挟んだ向かいの街路樹が植えられた空間に、その店の私物が雑多に積まれていた。その上に手作りという感じの簡素な木箱が置かれていた。みかん箱二つ分くらいの大きさだろうか。片面は金属の網がかかっていた。鳥でも飼われているのだろうか。そんな気がして何気なく中に眼をやると猿がいた。

灰色の毛をした小さな猿が止まり木の上に留まって、暗がりからじっとこちらを見ていた。

写真家・森山大道さんの著書『もうひとつの国へ』（朝日新聞出版）を久しぶりに開いた。時折、開きたくなる。写真と文章がおさめられている。数年前に出版されたもので、森山さんが書かれる文章と写真が好きだということもあるが、この本はとくに写真の印刷がきれいで、装丁も美しいから気に入っている。

最後のページ近くに、ふと見知った風景があることに気がついた。それでいて、なかなか特定できなかった。しばらく考えて、中野坂上のあの路地裏のような気がした。でも確信はもてなかった。見つめ、写真のなかに「ジャーマンベーカリー」という文字を読み取った。確信に変わった。パン屋でもないのに、そんな看板を玄関先にかかげている不思議な家があったからだ。

もしかしたら、風景を認識する大きな要素はバランスなのかもしれない。配置といってもいい。家と電柱と空と道のバランス。ほかのどこにもないそれによって、それがどこなのか瞬時に察知することができる。

それにしても、どうして森山さんはあの路地の先、行き止まりのような風景を知っているのだろうか。どうしてその場所を写真に撮ったのだろうか。

かつて森山さんは、写真家・細江英公さんの助手をされていた。細江英公さんはこの先にある「写真の大学」で長いあいだ教鞭をとられていた。だから森山さんもこの道を知っていたのだろうか。

朝からの雨は雪に変わり、次第に強くなってきた。それも湿った牡丹雪だ。傘をさして路地の角を幾つも曲がる。昨年の四月から週に数日だけ通っている路地裏の道は、中野坂上駅から住宅街のあいだを縫うように続いている。何度も曲がって、その先にある大学へ向かう。もっとわかりやすい道はある。山手通りを歩いていけば、一度右折するだけでいい。

学生だった二年間、それは一九八六年の春から一九八八年の春までのことで、ほとんど毎日、

この迷路のような道を歩いて大学へ通った。当時は短大だった。いまから二五年以上前のこと。卒業後はほとんど足を踏み入れたことがなかった。

それが母校で写真を教えるようになって、この道を再び通るようになった。道は次第に細くなっていって、軽自動車がやっと一台通れるほどとなり、最後は「この先　行き止まり」という看板が現れ、先は人だけが通れる急な階段となる。森山さんはここで立ち止まり、シャッターを少なくとも一度押したはずだ。

階段を下ると金属のポールが何本も立っていて、それを抜けると他人の家の勝手口みたいな場所にでる。すると目の前が大学だ。

当時、駅から大学に通うほとんどの学生がこの道を利用していた。上京して最初におぼえた東京の道といえる。路地の角を幾つも曲がるのだから、一度ではおぼえられないし、大げさにいってしまえば、この近道を独自に見つけることは不可能かもしれない。つまり、長い年月をかけて先輩から後輩へ、無言のうちに受け継がれてきた通学路。二五年たっても、道順はしっかり身体に刻まれていた。身体がおぼえているとはこういうことをいうのだろう。

歩いていると、ある感覚に見舞われた。風景に色がついて感じられるのだ。あの頃と変わってしまった部分と変わっていないそれが、くっきりと色違いに映るのだ。意外と細部までおぼえている。週に数回とはいえすでに一年近く通っていても、毎回記憶をさかのぼっている気持ちになる。直接、指でなぞっているような感触をともなう。だから、ちょっと疲れる。記憶がいまの風景を通して、自分に働きかけているとでもいえばいいのだろうか。

まったく何も変わっていないのは半地下の会計事務所、銭湯、小さなクリーニング店、その向かいの米穀店、いまは誰も住んでいないと思われる、かつては同級生の一人が住んでいた木造アパート、一度も入ったことがない天ぷら屋……。変わっていないものの方が多い気がする。二五年という歳月は、実はそれほど長くないのかもしれない。

耳鼻咽喉科の医院は建物が新しくなっていた。かつてこの医院の前には、待合室からあふれた子供たちがアスファルトの上に直接座って、コマをまわしていた。当時、長野でもコマをまわす子供などいなかったので、どうして東京でと驚いた。

久しぶりにクリーニング店のサッシの奥の暗がりを覗いたとき、一人の老人の姿が見えた。ああ、あの人はあれからずっと、ここでアイロンをかけ続けていたのだ、と思った。夏になるとランニングシャツ姿で汗をかきながら、アイロンをかけている姿を何度も見た。一度も会話を交わしたことのない、その人のかつての姿が鮮明に脳裏に浮かんだ。

店のすぐ横の塀には当時マドンナ旋風を巻き起こした社会党党首・土井たか子のポスターが張られていて、「やるっきゃない。」というコピーが書かれていた。その塀が変わらずあった。

路地の最後の曲がり角の家の外に、エアコンの室外機が置かれていた。そこにも雪は激しく積もっている。かつても同じ場所に、やはりエアコンの室外機が同じように置かれていたことを思い出したあとで、どうして自分はそんなことまでおぼえているのかが不思議だった。かつて置かれていたその室外機には「霧ヶ峰」と書かれていた。よく知られた商品名だ。いまは別のものになっていた。

霧ヶ峰という名のエアコンが存在するのは、上京する前から知っていたが、それまで何故そんな名前がついているのかなどと考えたことはなかった。自分なりに気がつき、理解したのは上京してからのことだった。

同じ地名が私の実家のすぐ近く、八ヶ岳連峰の端にあるからだ。霧ヶ峰高原は標高二〇〇〇メートル近く、夏でも涼しい。だからエアコンの商品名になったのだろう。上京して、東京の尋常ではない暑さを知って、はたとそのことに気がついた。

とはいえ霧ヶ峰高原は身近でありながら、実のところ、よく知らない場所だった。幼い頃、父親の車で何度も連れて行ってもらった記憶はあるのだが、子供にとっては退屈きわまりない場所だった。どこまでも続く丘陵地帯と空。誰もが「きれいな風景、きれいな花」と口をそろえて言った。ニッコウキスゲの花が咲いていた。唯一、グライダーを眼にしたときだけは心が躍った。その滑走路があって、長いあいだグライダーが離陸するのを待っていた。

昨年の秋、霧ヶ峰高原へ行ってみた。ふとどんなところか確かめてみたくなったのだ。上諏訪駅でレンタカーを借りて、下諏訪から八島ヶ原湿原、そして霧ヶ峰へと足をのばした。

途中から雲行きが怪しくなって、雨は雪に変わった。レンタカーのタイヤはノーマルだったのでなにより慎重に車を走らせた。草原は枯れ野原のようで荒涼としていた。あと数日で道路は春まで閉鎖される。土産物屋や売店はほとんどシャッターを下ろしていて、死んだように静まりかえっていた。長い冬がすぐそこまで迫っていることを否応なく感じさせた。雪の日に来てしまったことを悔やんだ。

諏訪の神様がかつて狩りをしたと伝えられている旧御射山《もとみさやま》社という古い社がすり鉢の底のようなところにあって、そこを訪れたとき、雪はもっとも強くなった。

近くのロッジに着くと、主人が「初雪ですよ。お客さん、運がいいですよ！」とうれしそうに言った。運がいいとは思ってもみないことだった。

窓を開けると更地がずっと先まで続いていた。白くて、まぶしい。真新しいアスファルトの道がそのあいだを走っていて、時折、その上を車が走り抜けていった。人の姿はまるでない。何故ここが更地なのか、何故アスファルトの道だけが新しいのか。一方、何故ホテルがほぼ満室で、昨夜、駐車場に止まっている車のほとんどが土木や建築関係らしきものだったのか。そ の意味を私は短い時間に理解した。ここは津波で多くを流された場所だったのだ。そのなかにぽつんと残されたホテルに自分は泊まっていたのだ。

昨夜は完全に日が暮れてから、このホテルに着いた。雪が舞っていた。私は車を降りたところでカメラを取り出し、闇に向けて三、四回ストロボを発光させた。闇のなかに雪の白以外は

映らなかった。昼間は吉浜という海岸線に面した小さな町にいた。スネカというお祭りを撮るのが目的だった。そこでの撮影を終えて、ビジネスホテルがある大船渡まで戻ってきたのだ。ナビゲーションに導かれるかたちでたどり着いたホテルが、町のどのあたりにあるのかは正確にはわかっていなかった。

深夜、ベッドに入ってから、明かりを消そうとした。すると、その手が止まった。どういうわけか消す気にならなかった。胸に何かが引っかかったとでもいえばいいのだろうか。それを恐怖心といっていいのかわからない。説明は付かない。蛍光灯をつけたまま朝を迎えた。

雪による交通機関の乱れから、説明会は三〇分遅れで始まった。その日、私は大学で新しく四年生となる、つまりは三年生の前でプレゼンテーションをすることになっていた。学生は一〇〇人近くいる。

「うちのゼミでは一年を通してこんなことをやります」とそれぞれの先生が説明するのだ。ちょうど、一年前も同じことをした。でもそのときは右も左もわからず、だから自分が新一年生のような気持ちだった。なにより緊張していたし、わかることよりわからないことの方が圧倒的に多く、抽象的なことしか話せなかった。

二年目なので、少なくとも昨年はこんなことをやりました、と語ることができるので気は楽だった。そして今年は一年を通して、ゼミ全体で考えることをしてみたかった。一通りの説明が終わったあと、私はこう告げた。

「今年は、ゼミで被災地に行こうと思っています。一年を通して、被災地を撮ることについて考えてみたいと思います」

写真を撮る者、それ以前に表現者が被災地に向かうこと、そこで何かを創作することとはなんだろうか。そんなことを常々考えていた。自分もまた被災地を撮るなかで、何故撮るのか、果たして写真など撮っていいのだろうかという思いが常にあった。それに対して明確な答えはでていない。もしかしたら、答えなどでないのかもしれないし、逆に言えば行く人の数だけ答えがあるのかもしれないし、答えを求めることがそもそも間違っているのかもしれない。

何故、学生とそんなことをしたいと思ったのか。自分と同じ写真家の言葉に触れたのがきっかけだった。集めるつもりはなかったのだが、眼にするたびに書き留めておくようになった。

それらの言葉をパソコンを通して、教室のスクリーンに私は次々と映し出した。学生がどんな反応を示すのか、まったく予測はつかないまま。言葉のあいだに、自分が撮った被災地の写真を挟み込んだ。

最後にアメリカの作家であり、写真の評論家としても知られているスーザン・ソンタグの『他者の苦痛へのまなざし』のなかから一文を引用した。

『戦争写真を美しいというのは非情なことと思われる。

だが、荒廃した風景は依然風景であり、廃墟には美がある。それらの写真は美しい』
スーザン・ソンタグ

もちろん被災地は戦場ではない。それでも廃墟という言葉から、私は瓦礫を連想する。では、瓦礫は美しいのか。それを撮った写真は美しいといえるのだろうか。私にはわからない。ただ、写真を撮ることを職業としている者、あるいは強く意識している者の多くは、そこにどうしようもなく惹かれていく。何故だろうか。写真家としての本能などといってしまうのは簡単なことだ。そもそも写真家だけがもっている本能など、あるのだろうか。それはただの表現欲とどう違うのだろうか。考えても答えはでない。だからこそ、学生たちと一緒に一年を通して考え、最後は写真展というかたちで発表してみたいと考えたのだった。果たして、どんなかたちになるのか、どんな方向に進むのかはわからないまま。もしかしたらそれ以前に、この提案によりまったく学生が集まらないゼミとなってしまう可能性もある。それでも、私は試みたかった。

説明会がすべて終わったあと、席を立つと一人の学生に呼び止められた。被災地を撮りに行ったことがあるという。

「被災地に写真を撮りに行ったことを無責任で、恥ずかしい行為だと感じていました。でも撮りに行かないことが、正しいとも思っていません……」

悲しき熱帯

ベッドの上で横になる。硬い。大きな鳥の鳴き声のように低音で鳴る。寝返りを打つたびに、ベッドの躯体を感じるといえば大げさだろうか。天井も、壁も、床も、カビている。いや、もしかしたらそれは、カビではないのかもしれない。ただの汚れ、いや、やはりカビだろう。おそらく、この建物ができてから床以外は一度も掃除などされたことがないのだろう。

壁に幼いキリストを抱いたマリアの姿。粗末な紙にカラーで印刷されたそれが壁に張り付いてじっと私を見ている。

天井の端の裸電球の明かりが、自分の手元をかすかに照らし出す。昼間だというのに、部屋のなかは異様に暗い。赤道直下からわずかに南側。日差しがとにかく強い一帯だから、どの家も、極力、窓を小さくしているのだろう。

日本で南向きの窓がありがたがられるように、東ティモールでもまた南向きの窓が好まれる。ただ、日本の南向きとは意味が違う。南半球では太陽の軌道は北側を巡るから、南向きは日本の北向きとなる。逆の理由なのだ。

首都のホテルで何度か北向きの部屋になったことがあるが、強い日差しにより部屋の温度が上がり、冷房が追いつかなかった。それに対し、南向きの部屋はひんやりしていた。「南向きの部屋は贅沢だ」と、ホテルの男は言った。

とはいえ、昼間から長い時間、暗い部屋にいるのは憂鬱な気持ちになる。小さな窓には鉄格子が入っているからなおさらだ。牢に閉じ込められているようだ。カビ臭さが追い討ちをかける。全身がカビに侵食されていくような感覚もやってくる。

どこにも行くあてなどない。昼ご飯を食べた直後、日本から一緒に来たコピーライターの男性と、私のカメラアシスタントの青年と村のなかを歩いた。一時間ほど歩いただけで体力が吸われていく感覚があった。強い日差しと暑さのせいだろうか。ホコリっぽさゆえだろうか。いや、もしかしたら太陽が東から南を巡らず、北を回っているからではないか。

首都ディリで買った寝袋に私はくるまっている。寝袋がこの国で手に入ったことをありがたく思わなくてはいけないだろう。もし、見つけることができなかったら、おそらくこのベッドの上に敷かれてから一度も取り替えられたことのないだろうマットの上に、取り替えたことを想像するのも難しいシーツと、やはり相当にへたっている毛布のあいだにくるまって過ごさなければならなかったはずだ。何かしらの虫が確実に潜んでいそうな気がする。

いつから自分はこんなことに神経を尖らせるようになってしまったのか。かつてはどんなホテルの部屋でもほぼ抵抗なく寝ることができた。この程度の部屋に泊まることはめずらしくな

かった。あのたくましさは、どこへいってしまったのだろうか。これが歳をとるということだろうか。

いまもバックパッカーの自覚はあるのか？　自問してみる。

「ある」

だとしたら、少し情けないいんじゃないいか。

「荷物を減らしていけば、最後に大事なのは実は歯ブラシくらいなのかもしれない」

かつてアジアを長く旅したあとの日本で、そんなことを友人に口にしたことがある。いきがっていたつもりもなく本心だった。あの頃とは何が大きく違ってしまったのだろうか。

部屋の隅に置かれたプラスチック製の椅子に目をやる。この国で買ったブラシの部分が妙に大きく不恰好な歯ブラシと、チューブ式の歯磨き粉がその上に置かれている。歯磨き粉は舌が痺《しび》れるほど刺激が強かった。

唯一、手元にある、いや残ったと言うべきか、一冊の本を再び手にとってみる。レヴィ＝ストロース著『悲しき熱帯』（中公クラシックス）。上下巻のうち、上巻だけが手元にある。日本から持って来た。二〇代の頃、人に勧められて読み出したことがあったが、途中で投げ出してしまった本。急にまた読みたくなった。

下巻はいま頃、どこを旅しているのだろうか。そんなふうに考えるのは甘すぎるだろうか。

この国のどこか、とんでもないところ、例えばゴミ捨て場などに転がっていたりしないだろうか。少なくとも本棚に収まっていることはないだろう。

この国で生まれ育った人で、日本の本を日本語のままで読める人はいるのだろうか。この国の言葉、テトゥン語を操れる日本人は両手の指の数ほどしかいない。その逆はどのくらいいるのだろうか。頭が勝手に考えだす。連想が連想を生む。それを許す時間が有り余るほどある。かつて、バックパッカーだった頃の「この感じ」を久しぶりに思い出す。

著者はすでに故人だ。一九〇八年生まれのフランスの文化人類学者で、一九三五年にサンパウロ大学の社会学教授としてブラジルに渡り、インディオ社会の調査にあたったことで知られている。そのときの体験をもとに書かれたこの本は紀行文と呼んでいいと思うのだが、その範囲にはおさまらない広がりをもっている。構造主義の原点といわれ、さらには西洋主義、物質主義への批判、南米でヨーロッパ人が犯した罪について鋭い視点で描かれているのが印象的だ。「アマゾンの森の野蛮人たちよ、機械文明の罠にかかった哀れな獲物よ、柔和で、しかし無力な犠牲者たちよ、私は君たちを滅ぼしつつある運命を理解することには耐えて行こう」

この一文には、みずからもヨーロッパ人である矛盾が露呈されている。タイトルの「悲しき」にはこの苦悩と葛藤が深く関係しているはずだ。

ある一文に、はっとした。

「四百歳の齢をとったヨーロッパ」、その「断片」が目の前にあるという箇所だ。ブラジルといえばポルトガル語だ。そして、私がいるこの国もまた、ポルトガル語が公用語だと気がついたからだ。日常会話はテトゥン語だが、小学校ではいまでもポルトガル語が必須だ。当然ながら多くの人が喋ることができる。実際の日常会話のなかでもポルトガル語はあたり前に使われていて「ありがとう」にあたる言葉は「オブリガード」しか使われていない。ここにもまた「四百歳の齢をとったヨーロッパ」が、その「断片」を確かに残している。

私たちが泊まっている宿は、正確にはホテルではない。教会の宿泊施設だ。このあたりにはホテルが存在しないのだ。隣に立派な教会がある。村の規模から考えると破格の豪華さだ。何より、光にあふれ清潔だ。この村で教会の存在がいかに大きいか、そして信仰の深さをうかがい知ることができる。だというのに宿泊施設はどうして、こうなのか。

(日本に戻ってから調べると、最初にこの地域に到来したヨーロッパ人は、やはりポルトガル人で、一五五六年にキリスト教の修道士が村を建設したという記録がある。さらに一七〇二年、ポルトガルはアントニオ・コエーリョ・ゲレイロを最初の総督として派遣し、植民地とした。)

二〇〇七年の一月。私はオーストラリアのメルボルンに撮影の仕事で向かった。日本からの直行便を降りると、季節は夏になった。ターンテーブルからトランクが出てくるのを待った。でもいつまでたってもそれは出てこなかった。やがてターンテーブルは動きを止めた。

初めて体験する突然の静けさに大きく動揺した。すぐに撮影の予定が入っていた。ロストバゲージの簡単な手続きをしただけで、撮影現場に向かった。撮影機材は三脚とストロボ以外は機内に持ち込んでいたので、かろうじて撮影することができた。撮影のあいまの短い時間に航空会社の窓口に何度か電話をいれた。でも、ずっと話し中で一度もつながらなかった。

翌日からアボリジニが暮らす砂漠地帯に行くことになっていた。それが旅のメインだ。夜まで撮影が続けば、着替えも買えず、まさに着の身着のままで一週間過ごすことになる。本当にそうするしかないのだろうか。判断がつかなかった。海外での撮影は多かったが、こんな経験は一度もなかったからだ。

日が次第に傾いてきた。すると、私は急に日本に帰りたくなった。最初は小さく、かすかな思いだったが、どんどんふくらんだ。やがて、おさえられなくなった。だったら本当に帰ればいいと思った。でも現実的にすぐに帰れるはずもなく、そんなことをしてはいけないこともわかっていた。かわりに私はきっぱりと告げた。

「これ以上、撮れません」

すると現場の空気の色が変わった。カメラマンが、突然写真を撮らないと宣言したのだから当然かもしれない。誰もが慌てた。仕事を放棄したように映ったのかもしれない。ただ、初めて自分の存在意義を認識することにもなった。私がいまここでもっとも重要なポジションにいることに気がついた。写真撮影が我々にとって、いま最重要事項であることに。

「このまま荷物が出てこなかったら、少なくとも三脚とストロボがなかったら、明日から砂漠で撮影するのは無理です」

自分でも不思議なほど、すらすらと喋っていた。一〇分後、私たちは空港に向かうことになった。

空港にはあっという間に着いた。窓口に行く前に念のためターンテーブルの方に行ってみると、端の方にいくつか置き去りにされたトランクがあった。そのなかに、見覚えのあるものを見つけた。

空港はこぢんまりとしている。最初に来た六年前からほとんど姿を変えていない。街は訪れるたびに、発展しているのが手に取るようにわかるのだが、ここだけはどういうわけか変化しない。最初の年は空港の駐車場の向こうに難民キャンプのテントが点在していた。インドネシアから分離独立の際に家を失った人々のものだった。それらもあるときから消えた。

ターンテーブルは日本の離島の空港にもなさそうなほど小さなもので、半径が小さく、そのためすべての人が近づけるわけではない。だから、私はそれをしばらく遠巻きに見ていた。正確には人の背中をぼんやりと眺めていた。人が減ってから荷物をピックアップすれば十分だと考えたからだ。

次第に人は少なくなっていった。同行者たちの荷物は次々と出てきた。私が二つ預けたうちのひとつ、三脚など撮影に関するこまごまとしたものを入れたトランクも出てきた。しかし、着替え、非常食、寝袋など身の回り品を入れた大きなトランクはなかなか出てこなかった。前日に慌てて買ったばかりの新品。一〇年以上使っていたトランクは小さく、出発前のパッキングがいつもストレスだった。何を持って、何を持たないかの選択にいつも時間をとられたからだ。それが今回、急に嫌になって大きなトランクを慌てて買いに行ったのだ。おかげで迷ったものはすべて持って来ることができた。

それがどんな色と形をしたトランクだったのか。記憶はあいまいだ。青色。間違いない。ただ、形状が頭に描けない。当然ながら前のトランクのような親しみもない。それがいつまでたっても出てこなかった。ターンテーブルの上に、ほんの数個だけ残った誰かの荷物は明らかに二周目か三周目だった。それを目にしたとき、もう荷物は出てこないだろうなと確信した。

やがて、ターンテーブルは止まった。

「やっぱり……」

私はターンテーブルと外側とを遮っているビニール製のカーテンのようなものをこじ開けてみた。滑走路の続きにすぎず、光にあふれていて、まぶしかった。

徒労の時間というべきか。できれば関わりたくなかったが、関わるしかなかった。驚いたこ

とに空港職員はすべての乗客のトランクから剝がし集めた紙のタグと、乗客名簿のようなものを照らし合わせ始めた。剝がしたタグには粘着シールがついているので、多くが別のタグと張り付いていた。それを剝がすとその端から破れていき、よけいに文字が読めなくなった。

止まったターンテーブルのすぐわきのコンクリートの上にそれらはばらまかれた。ただのゴミみたいに映った。考えてみれば本来は即座にすべてゴミ箱行きとなったものだろう。窓越しの直射日光が、その幾つかに当たっていた。自分はここで何をしているのだろうか。確かめたくなって、私は床に触ってみた。ざらついていた。乾いた砂のような赤土が指先についた。

こんなことをして、何になるのだろう。それが正直な感想だった。聞けば、空港まで届いているか届いていないかだけは、これを照合すればわかるという。

「デンパサールの空港での積み忘れでは？」

そう訊ねると、「ここに着いてから誰かが持っていった可能性もある」という返事が返って来た。思ってもみないことだった。真新しいトランクだから狙われたのだろうか。以前の、あのボロボロで傷だらけのトランクでやはり来るべきだったのかもしれない。そんな思いが急に突き上げた。

私は税関を無視して、慌てて空港の外に出てみた。私のトランクを持った誰かがまだいるかもしれないと思ったからだ。しかし、一緒の便で到着した人々の姿はすでにほとんどなくなっていた。遅すぎた。一年ぶりの懐かしい風景を、こんな形で目にするとは思いもしなかった。

一時間ほどかかっただろうか。いやもっとかかったのかもしれない。一〇〇人分ほどの照合が終わった。私の名前が書かれたタグは見つからなかった。私の荷物は空港に届いていないということになる。しかしグループでチェックインしたので、すべての荷物に代表者の名前のタグがついていることが判明した。つまり、届いたのか届いていないのか、うやむやでわからないということだけがわかった。空港の外に出ると、ぐったりと疲れた。

二〇年ほど前、私はネパールの首都カトマンズにいた。あの頃はトランクなど持っていなかった。登山用の大型のザックで旅をしていた。当然、カギなどかからない。

街のはずれの現地の人ばかりが集まる、ほとんど手元も見えないほど暗い定食屋で夕食を食べ終わって、大通りへ戻った。右手を鼻先にもっていくと、カレーの匂いがツンとした。手で物を食べることにも大分慣れて、口のまわりを汚すこともなくなった。そのことがうれしかった。その練習をするために、私は毎晩、その定食屋に通っているようなものだった。

路上にじかに座っている男の姿があった。服装から外国人だとすぐにわかった。胸元にギターを抱えていた。足元には粗末な箱が置かれていて、この国の紙幣や米ドルの紙幣が数枚入っていた。外国人が物乞いのようなことをしている姿は異様だった。

私は足を止めた。男はギターを弾き、歌いだした。驚いたことに日本語だった。最初は暗くてわからなかったが、注意深く見てみると確かに日本人のような顔立ちをしていた。私と同い歳くらいだった。

「こんなもんじゃない」

ザ・ブルーハーツのメンバーの真島昌利《ましまさとし》、通称マーシーの作詞・作曲の歌。歌声を聞いているると私は動けなくなった。何故だか急に心の深いところが波打った。いい曲だと素直に思った。男が歌い終わったところで、私は話しかけた。すると、男は矢継ぎ早に口にした。

「インドから飛行機で着いたとき、荷物が出てこなかった。だから、いまお金がない。だからこんなことをしている。そして毎日、空港まで歩いて行き、荷物が届いたか確認している」

私たちは日本食レストランに向かった。昨日から、ほとんど何も食べていないと男が言ったからだ。二人でぬるいビールを飲んだ。

ベッドに横になり、天井を見ていると急にあのときのことが蘇る。すっかり忘れていた出来事。彼もまたあのホコリだらけのカトマンズの空港で、途方に暮れていたのだろう。あのギターは機内持ち込みだったのだろうか。

彼の置かれた立場と心境に、いま頃になってやっと触れたような気がした。お金もほとんどないと言っていた彼はあれからどうやって日本へ帰ったのだろうか。あのとき、夕飯をごちそうしたことはおぼえているが、その後のことについての記憶はない。

私は翌日から、山岳地帯へ入ることになっていた。標高一〇〇〇メートルを超える地点。たとえ南国であっても肌寒いと事前に情報を得ていた。だから、念のため薄手のダウンジャケットもトランクに入れてあった。

「たいしたことじゃない」

私はこの言葉を声に出さずに呟く。あたかも自分に言い聞かせるように。確かにトランクが出てこなかったことなど、たいしたことではない。事故にあったわけでも、病気になったわけでもなく、盗まれたと決まったわけでもなく、そしてなにより、もっとも大切なカメラをはじめとした撮影機材一式は手元にある。

もし撮影機材が消えたとしたら、こんな心境でいられないことは考えるまでもない。大きなプロジェクトで、私が撮る写真のために渡航費をはじめとしたけっして少なくない費用がかかっている。もしカメラがなくなってしまったら、私は絶対に「たいしたことじゃない」などとは言えないし、どこかでカメラを手に入れて写真を撮るまでは、日本に帰る気持ちにはなれないだろう。それに関しては職業意識が強く働く。

フリーになったばかりの二〇代の頃、先輩のカメラマンに言われた。

「カメラを盗まれないことも、カメラマンの腕のうち」

その言葉はいまも心に刻まれている。日本ではほとんど意識することはないが、外国に行くときは飛行機に乗った瞬間からスイッチが入る。だから機材はできる限り機内に持ち込む。現地で車のトランクに機材を入れるときも、必ず自分で入れる。入れるふりをして、持っていかれることを恐れているのだ。

街の一角にショッピングモールがある。数年前にできた施設で、この国で一番おしゃれだといわれている。廊下のベンチには若者たちの姿がいくつもあって、誰もが膝の上にパソコンを載せている。施設内をフリー Wi-Fi の電波が飛んでいるからだと、一年前に来たときに知った。

彼らがここで買い物をすることはほとんどない。多くが高価だからだ。一階の食料品売り場には現地の人が多くいるが、二階、三階の売り場にはほとんどその姿がない。見かけるのは外国人ばかりだ。特に衣料品は外国人を相手に商売をしていることが、値段を見ればわかる。衣料品の値段は日本と変わらない。いや、もっと高いかもしれない。

着の身着のままの私は、ここで一応のものをそろえるしかない。街中を探せば、安い品があることはもちろんわかっている。服を着ていない人間は一人もいないのだから。そのことは十分にわかっている。でも私には時間がない。そしてこれ以上、疲れたくもなかった。できれば撮影で心底疲れたかった。

だから費やす労力と時間を、かわりにお金で買うことにした。でも、潤沢にものがあるわけではない。日本では絶対に選ばない派手な柄のシャツを買った。靴下も、日本では小学生も敬遠しそうな派手なもの。それしかなかったからだ。パンツは諦めかけた頃、見つかった。ひとつ一〇ドルもして驚いたが、山岳地帯に入るあいだ洗濯はできないので、三枚買うことにした。

テンションが次第に下がっていった。子供の頃からそうだった。親が買ってきたもので気に

入らないものは、かたくなに着なかった。そのことでいつも母親に怒られた。

消えたトランクのなかにはノースフェイスというブランドの赤いシャツを入れていた。登山用のもので六年以上着ていた。とても気に入っていたし、大切にしていた。日本を代表するサッカー選手を撮影するときに、それを着ていったことがある。上がった写真は満足できるものだった。あのシャツを着ていたからうまくいったのかもしれない。どういうわけかそう思った。だから、大事な撮影やロケのときにはそれから必ず着ていくことにした。だから今回もトランクに入れたし、過去五回、この地でそれを着ていた。

あのシャツが目に浮かぶ。すると不意に涙がこぼれそうになった。大きく動揺した。そんな自分の反応が意外だったからだ。即座に「たかがシャツだろ、たいしたことない」と自分に言い聞かせた。

この国には、この国の紙幣というものが存在しない。かわりに米ドルを自分の国の通貨として使っている。ここに、ひとつの悲しみが存在する。最初はそのことに驚きもしたが、頭のなかで日本円に換算する面倒さがないので意外と都合がよい。だからどんなに山のなかに行っても、何かを買おうとすれば米ドルを渡すことになる。

私はいつどこで両替したのかすでに記憶にない、パスポートと一緒にしまっていた古い米ドルで買い物をしようとした。しかし受け取ってもらえなかった。理由《わけ》をきくと、偽札を恐れてのことだった。最近発行された新札しか使えないのだという。

二〇〇〇年の暮れからニューヨークに一年ほど暮らしていた。アパートがやっと決まり、ホテルからその部屋に移った日、私は慌てて毛布とシーツを買いに街に出た。吐くたびに、息が白くなった。

それらがどこに売っているのかまったく見当がつかなかったし、当てもなかった。歩いても、歩いても、それを売っていそうな店はなかった。でも、今夜確実にそれは必要だ。切実だった。私は結局、ガイドブックに載っているマンハッタンで老舗《しにせ》として知られている百貨店に向かった。建物は重厚で、エスカレーターは木製だった。

そこで毛布とシーツを買った。驚くほど高かった。この街の違う場所に行けば、似たようなものが一〇分の一ほどの値段で売られているであろうことは容易に想像できた。でも、街を知らない自分にはそれができない。だからその分をお金で買うしかない。街はそんなに甘くないし、最初から優しく受け入れてくれなどしない。

いつしか、なんとも形容しがたい気持ちに包まれていることに気がついた。山岳地帯に入って三日ほどたった頃のことだ。一種のすがすがしさのようなもの。二三歳のとき、ザックひとつで旅をしていた自分の姿が重なりもした。あの頃にようやく戻れた気がしたのかもしれない。

トランク一杯の荷物は、いったいなんだったのだろうか。そう思うようになっていた。私はあれほど懸命に、いったい何を詰め込んでいたのだろうか。それがなくても、いまここで、それなりに快適に過ごしているではないか。詰め込んだ物は幻想にすぎなかったのか。歯ブラシの形と歯磨き粉の味にはなじめないでいるが、「荷物を減らしていけば最後に大事なのは、実は歯ブラシくらいなのかもしれない」とあの頃のように確かに思えている。大きな支障などないではないか。そもそも「たいしたことではない」などと思っていたこと自体が大げさなことだったのだ。

この国を去るために、再び空港に向かった。ショッピングモールで買った衣類は機材用のトランクに強引に入れた。掘っ建て小屋のような窓口で、トランクの紛失証明書を発行してもらった。保険のためだ。無事にもらえたがポルトガル語だった。英語のものを、と食い下がってみたが無理だった。

チェックインのために、エックス線の機械に荷物を通し、自分も金属探知機のゲートをくぐったとき、突然背後から呼び止められた。

「荷物、あるよ!」

振り向くと男が手招きしていた。私は機械に通したばかりの荷物をほっぽり出し、再び外に出た。連れていかれるまま違う部屋に入った。ターンテーブルのある場所だ。

端の薄暗い一角に低いテーブルがあり、その向こうに男が一人立っていた。テーブルの上には真新しいスーツケースが置かれていた。見覚えがあった。

「お前のか？」

「そうだと思う……」

「開けろ」

私はうろ覚えの三桁の数字のダイヤルを回した。いまさらという気分だった。ひらくと東京の匂いがした。『悲しき熱帯』の下巻が一番上に載っていた。

「いいよ、持っていけ」

私はその一冊だけ取り出し、三桁のダイヤルを今度は適当に回した。

川の国境まで

バンコクの空港からタクシーで古都アユタヤへ向かった。日本を発つ直前は忙しく、新しい空港がどのあたりに位置しているのか調べることはなかった。アユタヤまでかなり距離があることを運転手の言葉とガイドブックのなかの地図で初めて知った。

かつての空港はドンムアン空港といって、バンコク市内とアユタヤの中間あたりにあった。そのためアユタヤと空港はかなり近いというイメージがあり、新しい空港も似たようなものだろうと思っていたのだが、まるで逆方向だったのだ。

私の隣には二〇代の青年が座っている。一年半ほど私のもとでアシスタントをしている男だ。海外へ行ったことは数回あるらしい。でもそのすべてがツアーだという。一人で旅したことはない。

手持ちぶさたから、彼に自分が初めてタイを訪れた二十数年前、二〇代の頃のことを話してみる。ドンムアン空港からローカルバスに乗ってバンコク市内に向かったことなど。その方法は外国人には一般的でないため、乗り場がとてもわかりにくく大変だった。そんなことをぽつ

Express

ぽつと話した。当時の私にはタクシーに乗るという発想はなかった。どれほど時間がかかろうが、鉄道やバスを乗り継いだ。

青年は「そうですか」と短く答えた。

何か特別な答えを期待しているわけでもないし、きっとそんな答え方しかできないこともわかっていた。でもきっと何も伝わっていないのだと飲み込むように思う。だからといって、彼が悪いわけではないこともよくわかっている。

自分も二〇代の頃、世代が違う年上の人たちからいろいろな経験談を聞かされ、いつも返答に困った。同じ職業の人と一緒になることが多かった。自慢話も多分に含まれていた。こちらが遠慮して話さないから、そのぶん話してくれているのがわかるときもあった。手厳しいことを言われたこともある。

あの頃、カメラはデジタルではなくて、すべてフィルムだった。フィルムの数はいつも膨大だった。二四〇本のフィルムを持っていったこともある。八〇リットルの登山用のザックにそれを押し込んだ。すべての重さは三〇キログラムを超えていた。バスの乗り場がわからず、背中にそれを背負って冷房の効いていない空港の構内を行ったり来たりしたことを思い出す。

いま窓の外には乾いた風景が続いている。広々とした高速道路をタクシーはかなりのスピードを出して西へ向かっている。かつてこんな道はなかった。ふとタイではなく、自分がアメリカにでもいるような気分になる。それでも遠くに時折現れる金色の装飾が施された、急な角度

の屋根が見えると、やはりタイにいるのだと実感するのだった。
「あの屋根、何かわかる？」
「いえ、わかりません……」
「お寺」
「……そうなんですね」

アユタヤに着いたのは夕暮れ時だった。予約した宿は仏像の頭が樹木のなかに半分埋もれていることで知られるワット・マハータートの目の前だった。インターネットで検索して、適当に選んだにすぎなかった。日本の民宿のような佇《たたず》まいで、木造の建物に靴を脱いで入るようになっていた。ワット・マハータートの先の空はオレンジ色に染まっていた。

アユタヤでは主に早朝と夕方に撮影を行った。まだ暗いうちに宿を出て、昼前には一旦宿に戻った。昼間はほとんど外出せず、宿の部屋でテレビを見たり本を読んだり、撮ったばかりの写真のデータをパソコンのモニターに映し出して確認したりした。

できるだけ旅先では撮ったばかりの画像は見ないと決めている。一度見始めると際限がなくなるからだ。もちろんほんの数時間前に撮ったそれらがどんなふうに記録されているかは大いに興味がある。だからこそ見始めると際限がなくなってしまうのだ。

二時間でも三時間でも見続けてしまう。思い通り撮影がいかなかったときほど、その時間は長くなる。悔いが残っていたり、どうしても諦めがつかないと、挙句の果てに加工ソフトで色味や濃度をいじりだす。すると、さらに時間が費やされることになる。露出をアンダーめにしてみたり、逆にしてみたり、色調を変えてみたり、コントラストをいじってみたり……。どうにか使いものにならないかと四苦八苦することになる。

そんな自分の行動と思考のパターンがわかっているから、できるだけさっと確認するだけに留める。それでも気になるカットがあると、ピントが合っているかだけでも確認しないことには落ち着かないのだが、油断しているとすぐに画像処理を始めてしまう始末だ。

ふと我に返る瞬間がある。自分はここで何をしているのだろうかという気分に陥る。してはならぬことをしていた気持ちにもなる。パソコンの画面上の方が現実で、自分がいまいる場所や時間の方が虚像のように思えるのだ。目の前で起きていることより、モニターのなかの少し過去の時間や空間の方が重要で、自分の存在が架空に感じられるのだ。集中しすぎたとき、必ずそれがやってくる。

旅を始めて一週間がたった。私たちはタイの北にいる。何度もバスを乗り継ぐ。どれも乗り合いバスだ。私はそのたびに緊張する。盗難を恐れているからだ。かつてバックパッカーだった頃には頻繁に乗ったが、あの頃も盗難を常に恐れていた。

後ろのドアが閉まらないまま走り出して一時間ほどたった頃だろうか。急にバスは止まった。

周りに家はない。赤土が窓の外に広がっている。ずっと先は濃密な緑の山肌だ。低くどこまでも続いている。

前方、運転手の横のドアから制服を着た警察官と思われる人が二人乗ってきた。男性と女性、一人ずつ。見ていると乗客が身分証明書のようなものを彼らに提示している。何かのチェックポイントのようなところだろうか。

注意深く見ていると、全員がそれを提示しているわけではない。彼らが指名した乗客だけが、その提示を求められているようだった。

外国人は私と青年だけだった。ここではかなり異質の部類だろう。きっとパスポートを見せろと言われるだろうと思い、私はそれを準備し始めた。

でも私たちはそれを求められなかった。通路を隔てて私の向かいに座った家族がそれを求められた。一歳ほどの子供を抱いた女性と、その母親らしき初老の女性の三人。彼女らは色鮮やかな服を着ていた。一目で山岳地帯を中心に生活している山岳民族であることがわかった。赤く密な模様が施された服を着て、頭には黒い帽子をかぶっている。私はできれば写真に撮りたいと、バスに乗ったときから思っていた。子供を抱いた若い女性が身分証明書のようなものを提示した。驚いたことにただの紙切れだった。

制服の女性は彼女らの荷物のなかまで見始めた。それが終わると、さらに身体を触り始めた。服の上から胸、お腹、お尻と執拗に触っていく。最後は幼い子供も調べ始めた。特にオムツをつけたお尻のあたりを揉むように触れた。

その仕草を見て私はやっと気がついた。制服を着た彼らがここで何をしているのかに。何を探しているのかを。何故、自分が調べられずに彼女らが調べられているかについて。

バスターミナルのすぐ脇の小さな食堂に私たちは入った。バスターミナルは強い日差しの下、バス、ミニバス、トゥクトゥク（三輪タクシー）、バイク、それに大きな荷物を持った人間で混雑していたが、一本通りを隔てただけで急に静かになった。

店は細長く、床はタイル張りだ。タイによくある作りで奥の方はかなり薄暗い。こんな作りになっているのは、日差しが強い国だからだろうか。

私は一番奥の席に入口を向くかたちで座った。入口付近には二つの屋台がある。タイヤのついていない屋台の上の部分がそのまま置かれているようなものだ。調理場が奥にあるわけではない。これもまたタイではよくある。

屋台の向こうに中年の女性が一人ずつ座っている。それぞれメニューが違う。片方はご飯類だけ、もう片方は麵類専門。もしかしたら、いま私がいる店内は二人が共同で借りているのかもしれない。つまり小さなフードコートのような仕組みかもしれない、などと勝手に想像してみる。

そのことをテーブルをはさんで座っている目の前の青年に話す。特にそのことを話したいわけではない。ほかに話すことが思い浮かばないからだ。もし一人旅だったら想像するだけで終わることだ。

青年は初めて振り返って、入口付近を向く。私は日に日に強い日差しに肌が黒く焼けているというのに、彼の頬も首筋も白いままだ。人の肌はこうも違うものかと発見のように思う。青年からは大した反応はない。そもそも「この質問は何か意味があることですか？」と内心思っているかもしれない。どう反応していいのか戸惑っているようにも映る。

そのあとで、少しは意味があるような気がして、さっき降りたばかりのバスのなかで見た光景について私は話し始める。

「警官みたいな人たちが突然入ってきたでしょ。あれ、何をしていたかわかる？」

青年は考えた。私には答えがある。でも想像にすぎず、正しいとは限らない。でもたぶん外れていない。逆に青年があの一件についてどう感じているかを聞いてみたかった。

「何かのチェックとか……ですか」

「なんの？」

青年はまた考え込む。

「山岳民族っぽい人たちだけをチェックしていたでしょ。きっとそのことと関係があると思う」

「……」

「ここはどこ？」

「ゴールデントライアングルの近くです」

「つまり……どういうところ？」

「ラオスとミャンマーの国境……」

「山岳民族、ゴールデントライアングルの二つの言葉から連想するものといえば」

青年は天井を仰ぎ、黙り込んだ。


注文したものがテーブルに運ばれてきた。センミーナーム。米粉で作られた細麺がスープに入ったもので、どこでも食べられる、タイでは一般的なものだ。コーラを追加注文して、麺を啜り始めるとテーブルの反対側の壁の脇に置かれているテレビが目に入った。ニュース番組のようなものが映し出されている。

白い煙がもくもくと上がっている。山の頂らしい。やがて人が逃げている姿が流れた。火山の噴火に違いない。タイに火山などあっただろうか。映し出された人の顔は日本人によく似ていた。少なくともタイ人のようには見えない。

「イープン」

そう聞こえた。日本という意味だ。

「日本？」

私は席を離れて、画面に近づいて覗き込んだ。

「ここ、日本らしいよ。どこかの山が噴火したみたい」

画面を指差しながら、青年に向かって口にしてみる。この人はいったい何を言い出したのだろうか、青年はそんな顔をしていた。


あれは秋のことだ。朝のホームルームの時間のことで、私は高校二年生だった。最初は隣の席の男が貧乏ゆすりでもしているのかと思った。その程度のかすかな揺れだった。それがいきなり大きくなった。縦揺れに近かっただろうか。それまで体験したことのないものだった。教室のあちこちからザワザワと声が上がった。悲鳴というほどのものではない。ちょっと面白がる余裕はあったような気がする。

離れた場所で大きな地震が起きているという発想はなかった。いまここだけに大きな地震が来たのだと考えた。

ゴーゴーと地鳴りがした。

高校は最寄りの駅から延々三〇分間、坂を登り詰めた高台にあって、駅側だけが諏訪湖を望むかたちで開けていたが、三方を山に囲まれていた。教室の窓の外にもすぐ削られた山の斜面が迫っていた。私はその音を耳にして、とっさに窓の外を見た。山が崩れ始めたのではと思っ

たからだ。

少しして地震の震源地が県内の木曽だと知った。先生がどこかで情報を得て、教えてくれた記憶がある。

大きな被害が出ていることを知ったのは夜になって、自宅に帰ってからだ。ローカル局ではずっとそのニュースを流し続けていた。御嶽山の麓《ふもと》の村では震度6ほどだったらしい。地震は「長野県西部地震」と名付けられた。御嶽山の一部が地震で崩れ流れ出した「御嶽崩れ」の犠牲者も含め、三〇人近い方が亡くなった。

私が確かに聞いたゴーゴーという音。まさか木曽から届くはずがない。本当に校舎の裏山が音をたてたのだろうか。私はそのことを同じ教室にいた誰にも確認しなかった。

「いま、山が鳴らなかった？」

そんなふうに聞くのはたやすいことだったはずだ。いや、誰もが聞いていただろうと疑いを持っていなかった。だから聞くまでもなかった。でも次第に自分の記憶違いだったような気がして、自信が持てなくなってきたのだった。

私はあるところ、むきになっていた。どうしても山頂からの眺めを撮りたかった。これほど短期間に三〇〇〇メートルを超える領域に何度も向かうつもりなど、当初はなかった。本来だったら一回ですんだはずのことだ。

最初は八月頭に向かった。天気は悪かったが、なんとか写真は撮れるだろうと考えていた。しかし標高二四七〇メートル、八合目の女人堂の山小屋に着いた頃には深い霧に包まれていた。これ以上登っても視界が開けることは絶望的に思えた。写真を撮ることを目的としているので、そこで下山した。

二度目は天気予報を見ての判断だった。数日は天気が安定していると知って、急遽東京から向かった。しかしまた霧に包まれた。天気予報は半分当たり、半分はずれたともいえる。麓はずっと晴れていたからだ。標高二〇〇〇メートルあたりから上だけが雲のなかだった。一度目より霧は深くほんの数メートル先が見えず、道に迷う危険もあった。それでも頂上まで数百メートルのところまで行った。でも写真が撮れないのだから意味をなさなかった。

三度目は一一月のことで、年内に登るとしたらラストチャンスだとわかっていた。厳冬期は私の登山技術では無理だからだ。今回を逃したら春を待たなくてはいけない。

山中に入ると積雪があった。それもかなりの深さで驚いた。ラッセルが必要だった。たまたま一緒になったほかの登山者と交代しながら進んだ。新雪に足を踏み込み、道をつくることは、とにかく体力の消耗が激しい。汗が吹き出した。さらに途中から吹雪いてきた。視界がかなり悪い。山頂に近づけば近づくほどそれが激しくなることは容易に想像がついた。

ほかの登山者たちは一人、また一人と脱落するように下山を始めた。残ったのは私と数人だけになった。

また今回も駄目だったという思いがこみ上げてきた。運が悪かったという感覚ではなく、三度目にしてその姿を見せてくれないのだから、果たしてこの山は晴れているときなどあるのだろうか、そもそも山の形があるのか、という気分にさえなった。

小学五年生のとき、私は確かにその山の姿を道路脇で見た。上り坂の急カーブで父は車を止めた。父の車だけでなく、車が数珠つなぎに止まっていた。

ある日、地元のテレビで御嶽山が噴火したというニュースが流れた。御嶽山のことは名前だけ知っていた。同居している祖母は民謡を趣味としていて「木曽のなかのりさん、木曽のおんたけさんはナンジャラホイ……」という歌詞のカセットテープをよく聴いていた。それが木曽の民謡であることは理解していた。

小学校の先生もまた御嶽山が噴火したことを興奮気味に「有史以来」という言葉を何度も交えて話した。

「死火山の御嶽山が噴火したのだから、八ヶ岳が噴火してもなんの不思議もない」

八ヶ岳は地元、諏訪の山だ。ちなみに現在、死火山という言葉は誤解を招くことから使われなくなっているという。とにかく噴火するはずのない山が噴火したものだから、山ばかりの長野県内は大騒ぎになったのだ。

「御嶽山の煙を見に行く」

父が言った。断言するような口ぶりだった。そして次の日曜日、父の運転で家族全員で御嶽山に向かった。同じ県とはいえ、諏訪から木曽まではそれなりに距離がある。三、四時間はかかっただろう。

木曽に着いてからが大変だった。なかなか視界が開けず御嶽山が見えなかったのだ。父が展望ポイントをあらかじめ調べているはずもなかった。木曽谷というくらいで、ひとつの谷底に木曽川と国道と鉄道が走っているようなもので、とにかく平らな場所が少ない。そんな地だから、どこからでも見わたせるわけではなかったのだろう。地元の八ヶ岳とは対照的だ。八ヶ岳は裾野が広く、どこからでも見える。きっと父はそんなつもりでいたのではないだろうか。ぐるぐると車を走らせた。夕方、やっと、上り坂の急カーブに車を止めた。そこは視界が開けていた。私たち家族は、そこから煙を見た。

御嶽山は独立峰ながら山頂付近が台形に近い形をしていて、一見連峰のようにも映る。その台形の左端の方から煙が上がっていた。煙突から上がる煙のように細くまっすぐだった。とても弱々しかった。もっと、もくもくと雲のように空に広がっているのではと勝手に想像していた。正直、これを見るためにわざわざここまで来たことが徒労に思えた。でも父は満足そうだった。

ラッセルは続いていた。谷間は吹き溜まりになるからだろうか、積雪が多かったが尾根筋に出るにつれてその量は減ってきた。風が強いので雪も吹き飛ばされるのだろう。一一月の初旬にこんなに雪があることは予測していなかった。それでも冬山の装備で来たのでなんとかなった。

喉が渇き、ザックのサイドポケットに入れていたペットボトルの水を飲もうとすると、中心まで凍りついていて、ぞっとした。気が張っているから寒さを感じないだけで、どうやら気温はマイナス一〇度以下になっているようだ。胸の外ポケットに入れていた携帯電話を確認してみると、まったく反応がなかった。寒さでバッテリーを消耗したようだった。

一組の夫婦と一緒だった。彼らが登山慣れしていることは装備や動きなどから察しがついた。ラッセルを交代し、彼らが作ってくれたトレイルの跡を追った。雪はさらに少なくなった。反比例するように風は強まった。さえぎるものは何もない。

カメラはザックのなかにしまったままだ。この雪と風ではとても出す気になれない。ほとんど視界がないから、何度も戻ろうと考えた。写真を撮ることが目的なのだから撮れないまま登ってもどうにもならない。でもまた来るのかと考えると引き返す決断がつかなかった。同時に四度目はもうないかもしれないという消極的な気持ちになっていった。

振り返ると空が明るくなっていた。気のせいかもしれないと思い、少し歩いてからまた振り返ると、今度は雲の切れ間から青空が見えた。もしかしたら雲が切れて晴れるかもしれない。あと三〇分もしたら、いきなり青空が広がるのではないだろうか。こんなとき私は自分でも驚くほど楽天的で都合のよい予測をする。

実際、過去に二度、私の楽天的予想が当たったことがある。一度は木曽駒ヶ岳、もう一度は八ヶ岳。どちらも、悪天候が一転して晴れとなった。天気が激変することが山ではけっして珍しくない。特に八ヶ岳のときは劇的で、山小屋の人にもあと数日雨はやまないだろうと言われた直後、雲ひとつない空が広がった。山の天気は本当にわからない。

私はさらに同じものをもう一杯頼む。それがテーブルに届くと、ずるずるとまた麺を啜る。汗が吹き出る。丼に入ったタイの麺は量が少なく、日本のラーメンの感覚だと二杯食べないことにはお腹が膨れない。

目の前の青年に、一応聞いてみる。

「もう一杯食べる?」

「大丈夫です」

若者は誰でもよく食べる、というイメージからは遠く、いつでも私より少食なのだ。

「昔、クンサーっていう人がこのあたりにいて、ゴールデントライアングルを仕切っていたんだよ。きっとそのことと関係があると思う。クンサー知ってる?」

「いえ、知りません」

「麻薬王だよ」

視界は本当に開けた。驚くほどの速さで雲は流れ去った。空を覆っていたそれがほんの一五分ほどのあいだにことごとくなくなった。

すると黒に近い青空が目と同じ高さに現れた。太陽光が雪に激しく反射して、眩《まぶ》しくて目を開けられない。私はザックから慌ててサングラスを出した。引き返さなくてよかった。呪文のようにその言葉を繰り返しながら、歩を進めた。

やっと山頂の御嶽神社付近に着いた。風はさらに強く、油断すると吹き飛ばされそうだ。建物も鳥居も石段も、まるで冷凍庫のなかのように樹氷で覆われている。雪が静電気で横に張り付いているように映る。脇にまわってみると急な斜面が見えた。火口跡だ。雪がついていない部分をよく見ると、水蒸気のようなものが立ち上っている。この山は確かに息を吹き返したままなのだ。小学五年生のときの記憶と結びつく。

私はカメラを取り出し、写真を素早く撮った。さらに場所を移し、写真を撮った。一ノ池、二ノ池と呼ばれる平《たいら》がすぐそこに見える。どちらも有史以前の火口の跡だ。巨大な一の池は涸《か》れているが、二ノ池は水をたたえている。日本でもっとも標高の高い池といわれ、二九〇〇メートルの地点にある。二度目のとき、そのすぐ脇まで行った。もちろんどちらもいまは雪をかぶっている。

バスをさらに乗り継ぎ、午後、国境の街に着いた。日差しはまだ強い。私たちは大きな荷物を抱えたまま埃っぽい道を歩き出した。汗が額から頬へと流れ出す。そのたびに何かの実感を得た気がする。

巨大な川が目の前に現れた。メコン川だ。濁った泥そのものの色をしている。この流れを目にするのは何年ぶりだろうか。対岸には人工物が一切ない。緑ばかりだ。その一点から小さな舟がこちら側に斜めに向かってくるのが見えた。舟上に黒い傘がひとつ。川の色と同じような服装の人たちが一列になって乗っている。近づいてくると若い僧侶だとわかった。

「川の向こう、どこだと思う?」

「……ミャンマーですか?」

「ラオス」

私たちは突き当たりを左、川上へ曲がった。

二二歳の背中

帰国してから何度も夢を見た。青黒い空に月が輝いている。黄色味がかった、でも白に近い色をした満月だ。どこかで誰かが歌っている。手にした巨大なランプをぐるぐると回している。あの国で見たアールティと呼ばれるお祈りだろうか。牛が現れ、猿がいて、お祭りで顔を真っ赤な粉で染めた男と女がいる。背後には巨大な川が流れている。

どこからかクラクションの音が激しく届く。鳴り止まない。すべての方向から響く。途切れない。人の声もする。次第に声の方が大きくなる。数が多すぎて、誰がなんと言っているのか聴き取れない。どれもわからない。それでも私は聴こうとする。かすかに日本語が聴こえてくる。若い男の声だ。なんと言っているのかはどうしてもわからない。

誰？　何？　どこにいるの？

私を呼んでいるような気がして、言葉を返す。でもどうしても届かない。やがてヒンドゥー語にすべてがかき消される。

私が初めて海外に行ったのは二六年前の二一歳のときで、行き先はインドだった。もっとも自分に刺激を与えてくれそうな場所はどこだろうかと考え、当時の私が考えつくところがその国だった。あながち的外れではなかったのだろう。大いに刺激を受けて興奮した。刺激が強すぎたのかもしれない。夜、まったく眠れなかった。ホテルのベッドで目をつぶっても、昼間目にした街並みや、押し寄せてくる人の姿、牛、電柱、電線、土埃、街中の露店といったものが次々と頭に浮かんできてほとんど一睡もできなかった。そのような刺激はそれまで一度も経験したことがなかった。

当時、私は新聞社に勤めるサラリーマンのカメラマンで、入社二年目だった。夏休みは社員一人ひとりが、取りたいときにそれぞれ休みを取るという方式だった。

当然ながらお盆の頃に休暇の希望者が集中した。家族のいる先輩たちは帰省したり、旅行に行ったりするからだろう。だから私はその時期は遠慮した。そのことにはまったく不満はなかった。九月に入った方が航空券が断然安かったからだ。

格安のツアーでデリー、アグラ、バラナシ、カルカッタ（現在のコルカタ）を一週間で巡った。いかに効率よくたくさんの街を巡るかを考えたとき、やはりツアーが一番よい。ホテルで同室になったのは、飛行機のなかで隣に座った男性だった。ほぼ同い歳の大学生で、機内でなんとなく話しかけてみると、同じツアーに参加していることを知った。誰が参加者で、誰が同室な

のか知らされておらず、参加者全員と初めて顔を合わせたのはデリーの空港だった。

学生の名前はまったくおぼえていない。


二六年前と同じ街に滞在し、通過した。デリー、アグラ、バラナシ。あのとき私はデリーでどこに行ったのか、何を見たのか、何をカメラに収めたのか、あまりおぼえていない。そのときに撮影したフィルムはいまもとってある。だからそれを見れば何かしらのことを思い出すこともできるだろう。でもいまさら見たいとは思わない。アグラではタージ・マハルに向かった。そのことはおぼえている。逆にそれ以外のことをおぼえていない。バラナシでは早朝にガンジス川に行った。沐浴している人たちがたくさんいた。


私の隣には一人の青年がいる。歳は二二。あと数週間後に大学を卒業する学生だ。写真を四年間学び、将来は写真家になりたいという。

二年ほど前から、私は自分が卒業した「写真の大学」に週に二日ほど教えに行っている。その学生で、三年生の前期ゼミと後期ゼミの両方、さらに四年生で私のゼミを希望して入ってきた。二年間すべて私のゼミを希望したのは彼だけだった。

彼が四年生になったばかりの頃、研究室を訪ねてきた。

「先生のアシスタントにしてもらえませんか？」

真顔だった。想像もしていなかったことだ。ただ無理とも駄目とも答えなかった。

「ちょっと考えさせて」

そもそも、私のなかに教え子をアシスタントにする、という発想がまったくなかった。関係性のベクトルが大きく違うといえばいいのだろうか。

考えた末、採用することにした。それまでのアシスタントが三月末でちょうど二年たち、ゆるやかな取り決めとなっていた満期と重なったこともある。歴代、どのアシスタントもおよそ二年で卒業していく。

「きっと俺のこと、嫌いになると思うよ。先生のときとは違うから。それでもいいの？」

私は告げた。アシスタントになることへの覚悟を知りたいのと、念をおしたつもりだった。

「はい、それでもいいです」

即答だった。


「Tくん、何年生まれ」

「西暦ですか？　平成ですか？」

「どっちでもいいよ」

「西暦だと一九九二年です」

「若いね」

青年は苦笑する。何も答えようなどないからだろう。

大学で若者と日常的に接するようになって、あまりに当たり前のことなのだけど、自分が実は若くないことを実感した。バブルを知らないとか、その頃流行った例えば「イカ天」というテレビ番組を知らないとか、そんなことにはたいして驚かないのだが、私が会社を辞めてフリーになった一九九一年に「まだ生まれていませんでした」と言われると、驚きというより、そんな年に生まれた人間と居酒屋で向かい合ってビールなど飲んでいると、いつ、どこで自分はそんなに膨大な時間を費やしてしまったのだろうか、そんな覚えなどないのに、などと考え込みそうになる。


初めてのインドは、慌ただしく過ぎた。眠れないまま帰国した。そのとき強く思ったことがひとつ。自分は何もまだ見ていないし、旅もしていないというものだった。たった一週間のツアーでは何もわからない。正直な思いだった。それに写真もあまり撮れていない。もう一度、行かなくてはならない。そんな思いが突き上げた。

それから二年後、二四年前に私は会社を辞めて旅に出た。東南アジアのいくつもの国を巡った。最終的に目指すべき場所はインドだった。

あのとき、彼はいくつだったのだろうか。私よりひとつ年下だったから、二二歳だったはずだ。彼とはネパールの首都カトマンズの宿で初めて会った。その後、いくつかの街で再会を繰り返した。妙に気が合った。彼からたくさんのことを学んだ。短い時間を過ごしただけなのに、彼とは一生付き合えると思い、生涯の親友を得たと確信した。

私はいまヒンドゥー教徒にとって最大の聖地バラナシにいる。まだ太陽は昇っていない。青年と一緒にホテルを午前四時半に出てきた。時間が早いのでガートと呼ばれる石段で沐浴する人の姿はない。対岸から太陽が昇る日の出の時間に沐浴する人が多いからだ。

私たちはまだ闇に包まれたガンジス川に小さな舟を雇って漕ぎ出した。次第に東の空が明るくなってゆく。やがてピンク色に空が染まるだろう。そして鋭く空を切り込むように朝日が昇るだろう。あの頃と何一つ変わらない。

やはり季節は冬だった。同じく乾季だから水が少なく、雨季には水量が増えて川沿いのガートは歩けなくなるのだが、同じようにガートはむき出しだった。

彼と別れた場所はどのあたりだろうか。あのあたりだろうか。いやもう少し先だろうか。同じようにピンク色に染まるだろうか。そう考えた瞬間、彼の言葉が自然と頭に浮かんだ。

「カメラマンだったら、やっぱりこの空、撮りたくなるでしょう」

彼はそう言ったのだ。あまりに空が綺麗なピンク色に染まったので、すでにザックの奥の方へしまい込んでいたカメラを私はわざわざ出して、その空へ向けた。

一人ネパールへバスで戻る日の早朝だった。ネパールからインドへ来るときは国境ですぐに乗り換え、ほぼ二五時間バスに乗り続けたのだが、さすがに疲れ、帰りは国境で一泊するつもりだった。谷沿いのかなり険しい道を延々と行くので、少し緊張もしていた。同じ宿に泊まっていた彼がわざわざガートまで見送りに来てくれたのだ。

「東京で会おう」

私は告げた。そして握手を交わした。お互い無事に生きて日本へ帰ろうという契りみたいなものだった。私はその言葉を疑わなかった。きっと彼も同じだっただろう。

彼は西へ進みヨーロッパへ、さらにアメリカへ渡り、最後は西海岸から飛行機で日本へ帰る計画を立てていた。帰国は三、四ヶ月後だという。私はネパールからタイへ寄って一ヶ月後には日本に帰る予定だった。

しかし、約束は果たされなかった。彼がみずから死を選んだからだ。インドではなく、日本でのことだっただが、彼がインドと深く関わってしまったことと関係があった。

人の記憶が曖昧なものだというのはわかっている。それでも私は自分の記憶力にどういうわけか自信を持っている。人が明らかに忘れていることをおぼえていることが多いからだ。そん

な場面は実際に何度もあった。だから、自分は他人よりずっと記憶力がいいのだと思っていた。

確かにある部分はそうかもしれない。例えば、街角の電柱の根元に牛が佇んでいて、その背中に傷があったとか、ツノに花輪がかかっていたとか、そんな断片を鮮明におぼえていたりする。もしかしたら、それは写真を撮ることを職業としているから、ファインダーを覗くように物事を観察しているからかもしれない。そんなおぼえ方をする癖がついているのだろうか。考えてみれば実際に思い出すのはどれも視覚的なことばかりだ。


ゴードリアという交差点の名は忘れていなかった。そしてダシャーシュワメード・ガートという場所の名前も。どちらもバラナシの特定の場所を指す。ふたつはほんの少ししか離れていない。歩いて一〇分か一五分ほどだろうか。

私たちはゴードリアの近くでタクシーを降りた。そこからガンジス川までの間は車が入れないからだ。朝早いので、人の姿はまだ少ない。ほとんど真っ暗だ。それでも巡礼の人の姿がある。ところどころに明かりがついていて、目を凝らして見ると、大抵はチャイ屋で、男たちが猿みたいに丸くしゃがみ込んでチャイを飲んでいる。私も匂いにつられて、それを一杯飲む。素焼きのカップ。やはり、あの頃と何も変わっていない。飲み終わると、誰もが地面に落とす。小さな音がして次々に割れてゆく。

私の目の前を青年が歩いている。カメラバッグを背負っている。いつか写真家になりたいという。本当になれるのかどうか。正直、私にはわからない。青年にもわからないだろう。

いつだったか、青年は私が書いた本を読んで、その感想を伝えてくれた。さまざまな写真家をインタビューした本で、そのあとがきに私は「カメラマンとは潜在的失業者」という言葉を用いて、自分の職業を形容した。思いは正直なものだ。つねにいつか仕事が途切れてしまうのでは、いや、いつまでも続くわけがないと思いながらフリーで二四年間仕事をしてきた。

「あれをぼくの父親が読んだんですけど、うけてました」

「うけてた?」

「はい。カメラマンが、そんな職業だと初めてわかったようで」

うけてた、というのはきっと心配の裏返しなのだろう。

本人に将来に対する不安はないのだろうか。あの頃の自分にそれはあったのだろうか。ないわけがない。ありすぎて、逆に鈍感になっていたのかもしれない。

舟に乗ると、視線が低くなり、すべてが違って見えた。音もなく進んだ。

ふと壁のように立ちはだかった建物の背後に光るものを見つけた。目を凝らして見ると、月だった。青白く光っている。

数日前、私たちはタージ・マハルで満月を迎えた。月光にかすかに浮かび上がるその建造物を写真に収めた。その数日前はヤムナ川の中州で同じように月を見た。そのときは黄色く輝いていた。だから、次第に月と旅をしているような気持ちになっていた。早朝の月は、何故かとても小さくて、稀薄だった。

「二〇年たっても、ほとんど変わらないよ」

壁のように並ぶ建物、そしてガートを目にしながら青年に向かって言葉にしてみる。それらの建物の多くはかつてマハラジャたちが競って建てたものだという。

「そうなんですか……」

舟のバランスをとるために私の横に少し離れて座った青年が呟く。ほとんど感想らしきことを口にしない。さまざまなことを感じてはいるが、言葉にできないのだろう。

私は何度も青年に、かつてここで会って別れた彼のことを口にしようとした。いまの君と同じくらいの年齢の頃、彼とここで握手して別れたのだと。約束は果たされなかったのだと。でも、私はそれを言葉にすることができなかった。喉元まで言葉が出てきた。でもどういうわけか口から出てこないのだ。何が躊躇させるのか。話したところで、何になるんだろうか、そんな昔話を聞かされたら迷惑に思うかもしれない。でもそればかりではない気もしていた。きっと、話し出せば長くなるし、話し出したからには途中でやめられなくなる。だったら、最初から何も話さない方がよいと思ったからだろうか。いや、封印しておきたかったのかもしれない。

日が昇ってから、私はガートの一角で立ち止まった。よく知っている場所だった。チャイ屋だ。急に飲みたくなって、私はガートの石段に腰掛けた。青年も並んで座った。

「二〇年前に、毎日、ここでチャイを飲んでた」

「そうなんですか……」

屋根も何もない、いってみれば屋台以前のような店だ。七輪のようなものにヤカンが載っているだけ。老婆が忙しくチャイを入れている。彼女を食い入るように見た。かつて、私は絶対にこの人に会ったことがある。確信を得た。

かつて、私はここに何時間も座り、彼と一緒にチャイを飲んだ。目の前の風景について、お互いの過去について、日本に帰ってからの未来についてぽつぽつと語った。何日も同じような日が続いた。いとおしい。

すっかり明るくなってから舟を降りた。ホテルに戻るために青年と私はダシャーシュワメード・ガートからゴードリアへ歩いて向かった。数時間前とは大きく様子が変わっていて、とに

かく人だらけだ。誰もが、我先にとガンジス川に向かっている。その流れに逆行するかたちで私たちは歩いた。早く横になりたかった。ほんの数時間動いただけで、ぐったりと疲れた。ずっと舟の上で写真を撮り続けていたからだ。

あらゆる人がいた。サリーを着た若い女性、年老いた男、女、子供を抱いた女性。路上に横たわった足のない人、皮膚病の人、金持ちそうな人、韓国人のバックパッカー、高級一眼レフを持った中国人のツアー客。聖なる川のほとりで荼毘《だび》にふされることを願う人が集う、死を待つ施設から歩き出したと思える足取りが極端に遅い人、物乞い、太った人、痩せた人、正直そうな人、カラスのような目をした人、犬、牛、猿、鳥……。

人をよけて歩いているうちに、急にしゃがみ込んでしまいそうになって、私は立ち止まった。疲れがぐっと押し寄せてきたのだ。またやってきたと思った。普段、絶対に体験することのない、インド特有の疲れ。引力のように体力を奪っていく。

「ダシャーシュワメード・ガートとゴードリアのあいだに、すべての人生が詰まっている」

そんな言葉がふと浮かぶ。声にしないまま、口のなかで呟いてみる。前をゆく青年は立ち止まった私に気がつかない。

もしかしたら青年は青年でなく、彼なのかもしれない。ありえないことを考える。二二歳で歳をとることを止めてしまった彼が、ここでずっと私を待っていたのかもしれない。だとしたら、私は立ち止まっている場合ではない。彼を見失わないように、追いつかなくてはならない。

追いついたら、どうすればいいのか。

彼と一緒にどこまでも歩いていけばいいのだ。いまさら、日本へ帰らなくてもいいのだ。そんな思いが急にこみ上げてきた。それは二三歳のときに私がこの地で強く願っていたことだった。日本へ帰ることが怖くてしかたがなかった。すっかり忘れていたそんなことを急に思い出した。いや、思い出したというよりは、かつての自分と現在の自分がシンクロしたのかもしれない。

「ずっと待っていたよ」

笑顔とともに彼が振り返って、そう告げるような気がした。

「遅くなって、ごめん」

私は答えたかった。

未来の街

ミィファー。

ファーピャオ。

いまでもおぼえている言葉は二つだけ。白飯。領収書。

白いご飯が一番安いので、まずそれを頼み、そのあとおかずを一品だけ注文して、帰りがけに「領収書ください」と繰り返し口にしていた。


目の前には揚子江の支流、黄浦江《こうほこう》の流れがある。和平飯店を代表とした重厚な西洋建築が川沿いにずっと続いている。このあたりは外灘《バンド》と呼ばれる上海の中心地区で、一七〇年ほど前の一九世紀中頃から二〇世紀初頭にかけてヨーロッパ諸国をはじめとする各国により租界がつくられ栄えたことで知られている。そのためかつては「偽りの正面」などと言われた。

つまり川沿いには立派な西洋建築が塀のように続いているが、その裏には何もないという意味だ。この言葉に当てはめるならば、いまは偽りの正面は消滅したということになるのだろうか。

上海に初めて行ったのは一九九四年の秋のことだった。フリーになって三年目で、勤めていた新聞社を辞めてはみたけれど、この先、果たしてやっていけるだろうかと漠然とした不安を抱えていた頃のことだ。

もっとも、心配していた写真撮影の仕事は不思議とポツポツと途切れずに入ってきた。いまより考えれば、時代も関係していたはずだ。当時の出版界は全盛をすぎていたとはいえ、いまよりずっと雑誌の数があったし熱っぽかった。仕事を選ばなければ何かしらのおこぼれにあずかることができた。でも狭いアパートの部屋でぼんやりしているか、近所のセルフサービスのコーヒーショップでボーッと外を眺めていることが圧倒的に多かった。

あるとき気がついたのだが、私のところへくる仕事は間違いなく割の悪い仕事ばかりだった。支払いも遅れがちのものが多かった。下請けだったらまだいいのだが、孫請け、場合によっては曽孫請けといった感じにスライドしてきた仕事だからしかたがなかった。お金は上からその順番に回ってくるので、あいだで少しずつ引かれるのは当然だけど、「うちも苦しいんですよ」と言われ、支払いが極端に遅れることがあったし、振り込まれる前にその会社が潰れてしまったこともある。それでも、そんなトラブルを密かに楽しむだけの余裕はあった。

小さな編集プロダクションに何度か「ギャラ、払ってください」と催促の電話をした数日後、同じく払ってもらえない後輩のカメラマンと一緒に、その事務所が入っているアパートを訪ねたことがある。すると、驚いたことにもぬけの殻だった。そのときもテレビドラマみたいだとなぜか盛り上がった。

自分が世のなかと対峙《たいじ》している実感が持てたからだろうか。会社員時代には体験したことのないリアルがあったからだろうか。いずれにしても、フリーとは名ばかりの実績も技術もないカメラマンには、いろんな意味でリスクの高い仕事が回ってきたことだけは間違いない。


目の前には私以外に九人の写真に関わる職業についている人たちがいる。日本人は私だけで、あとはブラジル人、アメリカ人、カナダ人、フランス人、イギリス人、インド人、マレーシア人、中国人という国籍の人たちだった。カメラメーカーのニコンが主催する国際的なコンテストの審査会が上海で行われることになり、私たちはここに招集され、着いたばかりだった。

一九六〇年代に始まったコンテストはそれまでずっと東京で審査が行われていたが、今回から会場が上海へ移った。世界中からアジア地域に集まるには、もはや日本ではなく上海の方が飛行機の便数も多いし、なにより魅力的なのかもしれない。今回、応募数が最も多かったのも中国からだった。

長崎から上海に何十年ぶりかで定期航路が復活したという記事を新聞で見つけた。小さな貨客船だった。ずっと好きだった詩人・金子光晴のことがすぐに頭に浮かんだ。金子光晴が書いた『どくろ杯』という紀行のなかに長崎から船で上海に向かう記述があったことを思い出したからだ。昭和の初め、日本人租界も存在していた時代のことで、金子光晴が長崎から上海へ向かったのは、妻の三千代の実家が長崎だったことと深く関係があるはずだ。

私はその足跡を辿ってみたいと思い、友人のライターに話した。どうにか仕事にならないかと思ったのだ。

カメラマンの仕事は基本的に受け身で、依頼の電話がかかってくるのを待つことが多いのだけど、それではなかなか仕事がこないことに気がつき、その頃、意識的に自分から動くようにしていた。ポートフォリオと呼ばれる作品集をもって出版社などに売り込みに行くのはもちろん、自分で考えついた企画を売り込みにもいった。ちょうどそんなことに熱心な時期だった。

すると週刊誌ですんなり企画が通って二人で長崎から上海に行くことになった。友人の力が大きかった。彼はその週刊誌で一年ほど連載をしていたからだ。最終回を日本を脱出するという形で終えたいという考えが彼にはあり、その趣旨と私が持ち込んだ企画がタイミングよくシンクロしたのだった。

五日間にわたって審査は行われた。応募総数は八万点ほどだという。体育館のような広い会場に並べられたテーブルのあいだを行ったり来たりした。朝から夕方まで延々とテーブルに並べられた写真を見た。事前に渡された資料のなかには注意事項として「履きなれた靴を持参ください」とあった。

記憶はあいまいだ。

それでも羽田から長崎までの飛行機代の方が、長崎から上海までの船代より高かったことは憶えている。長崎では「あじさい」で始まる名前のビジネスホテルに泊まった。編集部に打ち合わせに行った際、編集者が、

「ホテルとりますね」

と言って、どこからか電話帳を引っ張り出してきて、五十音順に並んだホテル名の一番上のホテルにいきなり電話したからだ。ホテルの場所とか港に近いところとか調べてからにしませんか？　と思ったのだが、言い出せなかった。

港は街のはずれにあった。簡素な建物で出国審査を終えて、初めて船を目の前にすると意外と大きかった。古い船だった。乗ってからわかったのだが、貨物船にオマケのように客室がついていた。

出港して三〇分ほどで私の仕事はあっさり終わった。船の甲板から船尾と中国の国旗を入れて、遠ざかっていく港、長崎の街並みを入れた説明的なカットをフィルム一本分撮って終了となった。一ページの企画なので、誌面に写真は一カットとあらかじめ決まっているのだ。いま考えれば、たかだか写真一枚のために、よく取材費を出してくれたものだと思う。もちろん、そこで船を降りることなどできるわけもなく、そのつもりもなく、私たちは上海に向かった。

船に乗っていたのは二〇人ほどの中国人と一〇人ほどの日本人だった。中国人の多くは日本への出稼ぎ者で、里帰りのようだった。誰もが大きな荷物をもっていた。だからあえてこの船を選んだのかもしれない。客室は暗く狭いので、昼間は多くの人が甲板にでていた。空は晴れ渡り、心地よい秋の風が吹いていた。だからだろうか、何人かの人たちと自然と話す雰囲気ができあがった。流暢な中国語を操る中年の日本人は、何度も中国で生活した経験をもっていて、「またしばらく中国に滞在したいから、勉強などする気はまるでないけど、しかたなく就学ビザを取ったのだ」と教えてくれた。

中国人の男は双眼鏡をもっている者が多く、いつまでも水平線を見つめていた。一度だけ覗かせてもらったが、特に目新しいものは何も見えなかった。数年ぶりに中国へ帰るという二〇代の女性は幼い女の子を連れていた。その子は日本語しか喋れなかった。

大きなテーブルの上には既視感のある五枚からなる組み写真が並んでいる。日本の地方のどこにでもありそうな田園風景。もしかしたら、自分はここへ行ったことがあるのではないだろうか、私の実家の近くで撮られたものではないだろうか、そんな錯覚を覚えた。

一組の老夫婦が写っている。農作業をしていたり、土間のようなところで麦茶らしいものを飲んでいる。畑に立つ夫の方は麦わら帽子をかぶっている。亡くなった私の父ではないだろうか。父もかつて農作業をするとき、必ず麦わら帽子をかぶっていた。そんなはずなどないのに、そんな連想をしてしまうのは、ここが日本ではないからかもしれない。異国で、のどかな日本の風景を見ているからか。でも私が知っている場所ではないことは明らかだった。

その作品が最終選考の段階で上位に残った。私には何故、ここまで残っているのかが不思議だった。正直なところ平凡すぎて、まったく目新しさなど感じなかったからだ。他の複数の審査員がピックアップしたのだが、もし日本国内のコンテストだったら、予選の段階で消えてゆくレベルのはずだ。

青かった海のいろが、朝眼をさまして、洪水の濁流のような、黄濁いろに変って水平線まで盛りあがっているのを見たとき、咄嗟に私は、「遁れる路がない」とおもった。

金子光晴がかつて『どくろ杯』のなかでそう書いたものとまったく同じものを、私は船の上から見た。船で一晩過ごした翌朝のことだ。海の上にまっすぐ線が引かれたように、色が違っていた。

黒い海と泥の川は混じり合うことなく、接していた。揚子江の流れの先端、あるいは終わりといっていいのだろう。やがて泥の水に完全に船が囲まれ、水平線まで濁った色でおおわれた。大陸という存在の巨大さに私はそのとき初めて触れた。実感を得たといってもいいのかもしれない。泥の水は大陸の吐息そのものに映った。

私と友人は船を降りて、港からすぐのところにある浦江飯店というバックパッカーが利用する安宿にそれから二週間滞在し、そこを基点にして上海を歩いた。

街自体が工事現場といった印象で、とにかく埃っぽく、人が街に溢れていた。あちこちで口論する姿があった。自転車と車の接触事故を何度も見た。するとやはり口論が始まった。殺気立っていた。でも一歩路地へ入ると、金子光晴の時代となんら変わらないだろう街並みがそのまま残っていて、おばあさんと孫と思われる子供が静かに戯れている光景が眼に心地よかった。

それぞれの審査員が発言する場で、私はその写真に関して、

「日本ではけっして珍しい写真ではありません。もし日本国内のコンテストでしたら、レベル的にもすでに落ちているでしょう」

と通訳を通して発言した。偽りのない正直な気持ちだった。もちろん日本の方に入賞はしてもらいたいけれど、公平さを考えたときには、そう伝えることが、日本人である私のすべきことだと思った。

意外なことに反論がでた。ブラジルから来た編集者だった。私より少し若い。

「五枚の写真しかないのにストーリーがあります。どこか映画のようにも見えます。それに、写っている男性がとても自然です。まるでカメラが存在しないように感じられます。何も起きない日常を撮っているのに、いくつもの感情が見る側に自然と湧き上がります」

彼はおおよそ、そんな意味のことを口にした。

「ストーリー？　ありますか？」

私は彼に質問した。

「あります。もしかしたら、これは日本の伝統かもしれません」

そんなふうに考えたことなど一度もなかった。確かに何気ない日常を複数の写真で捉えることが日本の作品には多い。小津安二郎の映画が海外で受けるのも、もしかしたら根底は同じなのかもしれない。

「この街では可愛いだけで幸せになれる」

深夜、ディスコで踊る裸同然の恰好をした若い女の子が口にした。

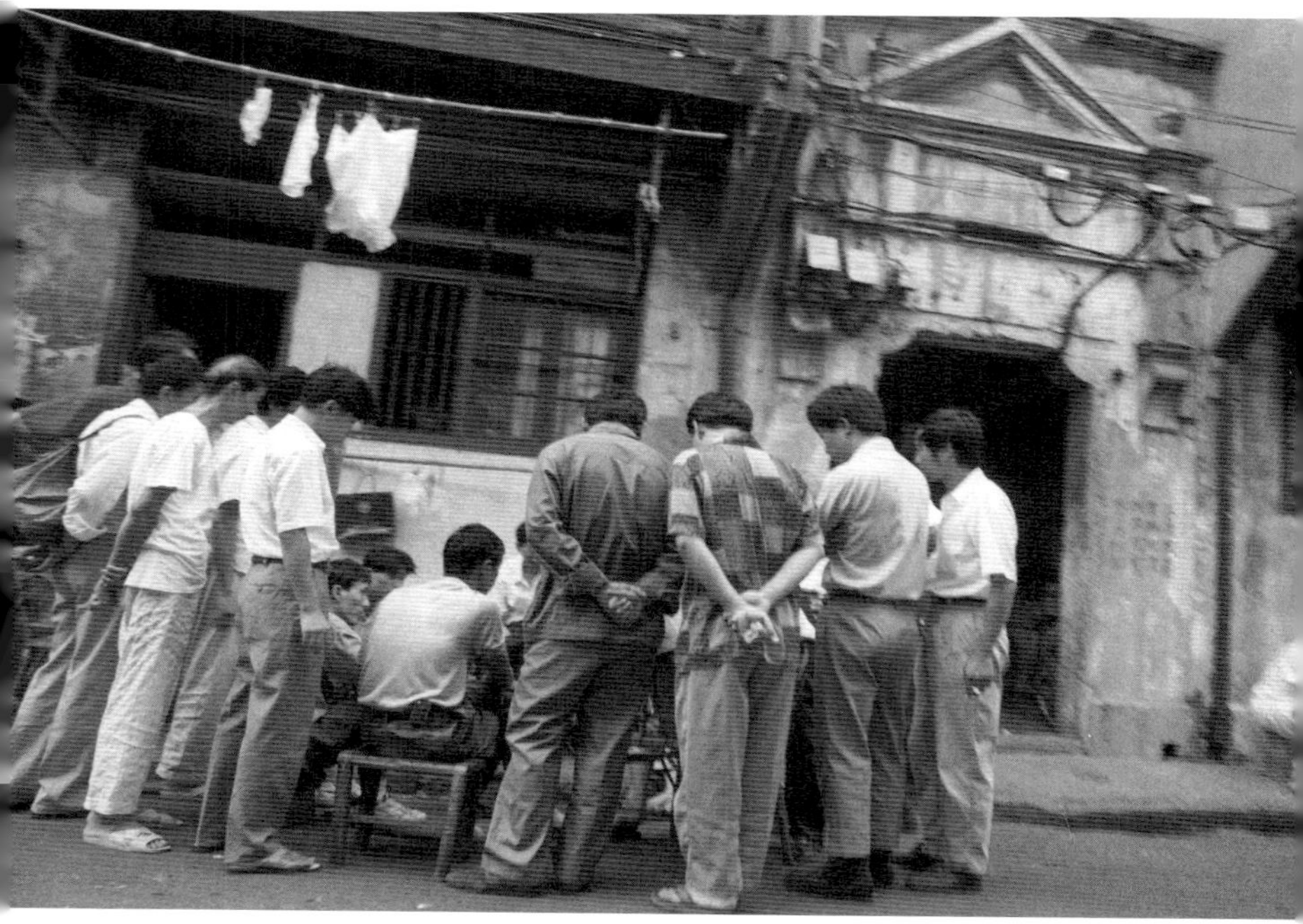

「いま一番欲しいものは？」

「お金」

その日の晩、夕食の席で私は彼の隣に座った。

「あなたの発言はとても印象に残りました。私は日本の写真について少し考え方と見方を変えました。当たり前だと思っていた日本の写真が、いままでと違って新鮮に見えるようになりました」

彼はとても嬉しそうな顔をした。

彼はラテンの国＝ブラジルという私の勝手なイメージからは程遠く、とても思慮深く控えめだった。英語があまり上手ではない私は英語が母国語ではない彼に安心感をいだいて、それからいくつかのことについて話した。

彼が日本の写真にかなり興味を持っていて、実際に荒木経惟氏や森山大道氏はもちろんのこと、もっと若い写真家の名前も知っているのに驚いた。そのあとで、私はブラジルの写真について何一つ知らないことに気がついた。

鄧小平のかけ声により沿岸部の大都市は開放政策で特区となり、急にお金が入るようになっていた。上海はその代表的な街で、夜の繁華街には欧米人がいた。彼らの懐《ふところ》を目的に集まる中国人の若い女の子たちの存在を知って、怪しげなクラブとかディスコに友人と私は取材に向かった。

内陸部などの地方から上海に仕事を求めてやって来る若者たちの姿があった。彼らは盲《もう》流《りゅう》と呼ばれ、上海駅の前に溢れかえっていた。誰もが乱れた髪と疲れた顔をしていた。自分ができる仕事の内容を段ボールなどに手書きで記して職を求めていた。小工、土工、泥工、油沌工という文字があった。

私たちは積極的に取材した。でも発表する先は決まっていない。帰国後、どこかの雑誌に売り込むつもりだった。私はノートに「古い街並みの瓦礫の隣に、近未来がある街」と記した。

審査員は全員が黄浦江に面した、古いビルを改装したホテルに滞在している。審査もそのホテル内で行われるので、ほとんど外に出ることがなかった。ホテルの外観は古ぼけた工場跡という感じで、あちこちが錆《さ》びついていて、まったくホテルに見えなかった。言われなければホテルとは気がつかなかっただろう。看板も小さくしか出ていない。内側だけがおしゃれにリノベーションされている。ニューヨークやヨーロッパに時々あるスタイルだ。

帰国後、友人といくつもの雑誌の編集部を訪れた。上海で自主的に取材したネタを売り込むためだ。そのたびに私は撮った写真を持参した。ポジフィルムだった。友人はまだ原稿を書いておらず、そのかわりに向こうで見たり聞いたりしたことを熱く語った。

友人と私はかなり手ごたえを感じていた。だからどこかの雑誌にすんなり掲載してもらえると考えていた。だが現実は厳しく、なかなかうまくいかなかった。取材費も一切かからないのに、なぜ？　とイラついた。結局、掲載されることはなかった。

滞在四日目、私たちはホテルの隣のレストランばかりが集まった建物の屋上にある店の席についた。ギリシャ料理の店だという。そんな料理を出す店がこの街にあることに驚く。

川向こうも真新しい建物ばかりだ。かつて対岸に行くことは一般的ではなかった。開発はすでに始まっていたが、大きな建物はほとんどなかった。唯一、テレビタワーだけが文字通り、燦然《さんぜん》と輝いていた。空に向かって鋭く尖ったヤリのような形をしていて、上の方はミラーボールを連想させる球状になっていた。夜遅くまでライトアップされていて、街のどこからでも見えた。それがこの街の、いやこの国の人々にとっての未来の象徴、未来図だったはずだ。

それがいま座った席からも見える。真新しいビルのあいだに完全に埋もれている。いまでもこの街で未来の象徴であり続けているのだろうか。じっと見つめてみる。きっと違うだろう。だからといって過去の象徴にも思えない。この街は、あの頃より未来へ進んだということだろう

5822

か。

黄浦江の流れは遅く、右から左に流れているのか、その逆なのか、しばらく見ていても判別がつかない。かつて、何度も眺めていた川なのに、同じとはどうしても思えない。いや、ここは本当に上海なのだろうかという気さえしてくる。

ちょうど正面、川のほとりに真新しいマンションが見える。いくつかの部屋に明かりがついている。

私は思いついて、審査員の一人で、普段は北京の大学でジャーナリズムを教えているという中国人の女性に、あのマンションは一室いくらくらいしますか？　と聞いてみる。彼女はもちろん広さによって違うだろうけど、と前置きしたうえで答えた。

「二〇万ドルくらいでしょうか」

おおよそ二〇〇〇万円。

ものの腐つてゆくにほひはなつかしい。（金子光晴「大腐爛頌」）

地雷原の奥

一九九二年の冬。一月か二月の大雪の日。私は橋のたもとに立っていた。記憶に間違いがなければ、あの年は何度も東京に雪が降った。

先輩からおこぼれのような仕事をもらって、東京の下町の、「どこか」に私はいた。求人雑誌の撮影のために、町工場のような小さな規模の会社の社長さんの顔写真を撮りに行ったのだ。何線に乗り、なんという駅で降りたのか、どこの沿線だったのか、まったくおぼえていない。

雪の影響で電車は少しは遅れたが地図を頼りになんとかたどり着き、会社の前で無事に初対面のライターと落ち合って、古びた小さな応接間にストロボのスタンドを立てた。ライターの後ろからカメラを構えてフィルム一本分の写真を撮った。

応接間の壁の向こうからは終始、機械の音が届いた。工作機械が何かを削っていたはずだ。撮影は三〇分ほどで終わり、私はまだ取材中のライターを残して先にそこを出て駅に向かったのだが、途中で道に迷ってしまった。

細い路地を進んだ。足元は溶け出した雪でぐずぐずだった。スニーカーのなかにまでそれはやってきて、冷たく、なにより不快だった。それでもかまわず歩いていると急に視界が開け、コンクリートでできた欄干の橋のたもとにでた。橋の下には当然ながら川が流れていたが、それ以外のすべてのものは雪で覆われていた。川の両側はコンクリートの壁だった。誰の姿もなかった。

午後早い時間なのに雲が厚く、夕方のように太陽の光は弱々しかった。私は立ち止まった。

「日本だ」

唐突にそんな言葉がやってきた。

ほんの一ヶ月ほど前、私はインドにいた。乾いた土と強い日差しの下にいた。明らかにここからは遠い。いまは寒さと湿度に包まれている、それらが充満している。スニーカーが濡れていくこの感触はあの土地にはない。

川に沿った両側はすき間なく家ばかりで、その連なりが緩やかにカーブして続いていた。建物はどれも木造だった。すでに雪は降っていない。午前のうちにやんだ。川だけが黒々として いて、どちらが上流でどちらが下流なのか判断がつかなかった。

ここが東京ではなく、地方都市のような気がした。あるいはひと昔前の東京に自分がいるような気分にもなった。例えば昭和三〇年代とか四〇年代。なにより東京にこんな静かで、あたかも時が止まったようなところがあることに驚いた。

できれば、自分はこの街に住みたい。狭くてもいいのでアパートを見つけて、ひっそりと暮

らしたい。そして、お金が少したまったら、またアジアへ旅にでたい。そんなことを橋のたもとでぼんやりと考えた。肩のカメラバッグがずっしりと重かった。

いまでもあの光景を時々思い出す。

どこだったのだろうか。何区のなんという場所だったのだろうか。いつかまた偶然訪れるときがあるとずっと思ってきた。あれから四半世紀が経つが、その機会はいまだ訪れていない。


私は北東へ向かう。アンコール・ワットの遺跡があることで知られているシェムリアップという街で車とガイドを雇った。その方向に、あまり知られていないジャングルに埋もれた遺跡があるからだ。

たまたま旅行雑誌の小さな記事で見つけた。記事のなかに写真が載っていて、木々に覆われたジャングルのなかに、苔むした巨大な象の彫刻がひっそりと佇んでいた。できればそこへ行ってみたかった。

しばらく走ると、窓の外は田園風景に変わった。どこまでも田んぼが続いている。そのあいだに民家が点在している。途中の村で短い休憩をしたとき、露店の店先に段ボール箱に入った蜂の巣が置かれているのを見つけた。蜂が数匹、生きたままとまっていた。

「蜂蜜です」

ガイドのMさんが教えてくれた。確かに蜂の巣の周りにはねっとりとした蜜がついていた。Mさんは二七歳の男性で、日本に数ヶ月だけ行ったことがあるが、日本語はアンコール・ワットのお坊さんから習ったという。

さらに車を走らせた。

フロントガラスの向こうに人だかりが見えた。数人の男が道路の片側に立っている。誰もが所在なげで、こちらを見ている者や下を向いている者もいた。

「事故です」

助手席のMさんが私を振り向いた。

「交通事故、ありました」

私はようやく状況を理解した。

男たちが道路の上にいて道の半分ほどを塞いでいるので、私たちが乗っている車も速度を落とした。どうやらまだ誰かが路上に倒れているらしい。それを数人の男が守るようにして周りに立っているようだった。

「人が轢《ひ》かれたの?」

わかりきっているはずのことを、私はあえて言葉にしてみた。

車は人だかりのすぐ脇まで来た。私はほんの少しだけ迷ったが、シートに深く身を沈め、そして目をつぶった。

再び目を開くと、さっきと何も違わない田園風景が目の前に広がっていた。もちろん佇む人の姿は消えていた。

「時々、こんな事故あります。きっと車に気がつかず飛び出したのでしょう」

Mさんによれば、この道路の事故は珍しくないという。けっして交通量が多いわけではないのだが、そのことが余計に事故につながっているらしい。

「油断するから」

理由を聞くと、車は時々しか来ないので農村部に暮らしている人たちは左右を確認して道を渡る習慣があまりないらしい。それは子供も大人も同じで、だから運が悪いとこうして轢かれてしまうのだという。車の方も、対向車も人の姿もほとんどないので、かなりのスピードを出している。実際に私が乗った車もずっと時速一〇〇キロメートルほど出して走っていた。交通量の多いシェムリアップでは起こりにくい事故らしい。

「彼らは、救急車、待っています」

すぐ来るとは到底思えなかった。シェムリアップからここまでのあいだに病院らしい建物など見なかったし、この先はより山間部だ。シェムリアップから来るとしたら一時間以上はかかるだろう。

母からその話を聞かされたとき、私は小学生の低学年だった。

どのようないきさつで、母がそのことを話し始めたのかはまるでおぼえていないが、乗っていた汽車が人を轢いてしまった、という唐突なものだった。

母はその場面を「自分が乗っている汽車の窓から見た」という。汽車というのは、蒸気機関車のことだろうか。私が中学生くらいまでは、誰もが電化された列車のことまで平気で「汽車」と呼んでいたから、もしかしたら、ディーゼル化された列車をさしているのかもしれない。

ともかく母は、乗っていた列車が人をはね、駅でもないところで停車した窓からそれを見てしまったという。明らかにたったいま亡くなったであろう即死の人の身体を目にしたのだという。そのことを後悔していた。

「あれは、見るもんじゃねえ」

しばらく食べ物が喉を通らなかったという。

「だで、そういうこんがもしあったら、絶対に見ちゃ駄目だ」

その言葉は私のなかに刻まれた。

話を聞いたときには、なんとなくそういうものかくらいにしか思っていなかったのだが、その後、私も似たような場面に数回遭遇した。でも私は一度も見ていない。母の、「見ちゃ駄目だ」という言葉がよみがえり、意識して目をそらしてきたからだ。

一方で、その瞬間を見たいという欲求が突き上げてくる。それは本能のようなものだろうか。その欲望はどこから来るのだろうか。胸のあたりがざわつき、誰かが背中を押して「ほら見ろ」

と囁《ささや》く声が聞こえてくる。でもその上に母の声がかぶさるのだ。

Mさんに私は声をかけた。

「倒れた人を見ましたか……」

「はい。きっと駄目です、助かりません……死んでいたかもしれません」

救急車が到着したところで、すでに何の役にも立たないのかもしれない。だからこそ、あの男たちは道を塞いでいたのだろうか。

私は助手席に乗っていた。手にはカメラを持っている。和歌山県の新宮《しんぐう》から空港のある南紀白浜に向かっていた。海側の道は夜でも渋滞する可能性があるから、距離的には遠いが山を越える道を行った方が早いはずだと地元の人に聞いたので、この道を選んだ。翌朝一番の飛行機で東京に戻るため、空港近くのホテルにチェックインすることになっていた。

ヘッドライトが道路の先を照らす。光は道路脇の林の木々の葉や幹を鈍く反射させるだけで、闇に吸い込まれていく。あるいはガードレールやそこに付けられたオレンジ色や黄色の反射板が現れると、途端に目覚めたように鋭く跳ね返す。眩しい。でもその無機的な光と反射が不思議と安心感を抱かせる。逆に自然物に溶け込んでいく光は恐ろしいと改めて思う。鈍く反射するアスファルトもまた、何かを予知しているようで、不気味だ。

一方で、恐ろしいから、それを撮りたい。闇のずっと先をカメラに収めたくなる。だから私は助手席で常にカメラを持っている。そして頻繁にカメラをフロントガラスの先に向ける。

お祭りの撮影を終えて、こんなふうに闇のなかを車を走らせることが続いている。古い祭りは夜に行われることが多い。ここ数年、毎月のように全国へお祭りを訪ねているのだが、三回に一回くらいの割合で夜となる。だからお祭りが終了して、最寄りの街のホテルに向かうのは当然深夜だ。

夕方、御船祭《みふねまつり》の撮影を終えた。九艘の船が熊野川を競漕することで有名な祭りで、午後遅い時間に始まった。最後は船に乗せられた神様が再び神社に戻るところを撮影した。その頃にはあたりはすっかり暗くなっていた。

運転しているのはアシスタントの若い男だ。私のところへ来て半年ほど経った。ロケ先では車の運転は彼の役割だ。私が運転することはほとんどない。

彼が突然「おお」という声を上げて、急にハンドルを激しく切った。車が大きく揺れ、対向車線に乗り入れた。身体を持っていかれて、肩がドアに当たった。ヘッドライトに照らされた眼前、路上に何かの姿を見つけたのとほぼ同時だった。

道路の真ん中に一人の女性が両手を挙げて立っていた。尋常ではない。

自殺するためにそうしているはずだと、とっさに私は思った。その直後に女性でも人間でもないことに気づいた。巨大な雄鹿だった。立派な角が両手を挙げているように映ったのだ。

彼はかろうじて鹿を避けることに成功して、元の車線に車を戻した。

鹿は身動きせず、ずっとこちらを見ていた。何故、車が迫ってきていたのに避けようとしなかったのか。

あとで冷静に考えてみれば、闇のなかでは光が迫っているように見えていなかったのではないか。ただ、遠くから照らされているだけだと鹿は感じていたのではないか。

「この先、日本人のお墓があります」

Mさんは唐突に言った。

「誰のですか?」

きっと私が知るはずもない昔の人のものだろう。もしかしたら江戸時代にオランダ船に乗って、この地を訪れた森本右近太夫一房《うこんだゆうかずふさ》という男のものかもしれない、などとも連想した。徳川幕府の命を受けてアンコール・ワットを訪れたという、そんな名の日本人がいたとガイドブックで読んだばかりだった。いずれにしても古い時代の遺跡のようなものだろう。

「イチノセタイゾウといいます」

「一ノ瀬泰造?」

私は身を乗り出した。

「本当ですか?」

「はい。ここからちょっと、横の道を入って、しばらく行ったところ」

「車を止めてください」

Mさんは私の言葉を素早くこの国の言葉に訳して、運転手に伝えてくれた。車は急ブレーキとともに止まった。

「あなた、イチノセタイゾウを知っているの？　珍しい」

彼の言葉の意味がよく飲み込めなかった。

「日本人のお客さん、ほとんどの人、知らない」

学生の頃、『地雷を踏んだらサヨウナラ』という一ノ瀬泰造が記した本を熱心に読んだ。私は報道写真部に籍を置いていて、報道の世界に興味を持っていた。二〇年ほど時代が違うとはいえ、同じように大学で写真を学び、世界へ飛び出していった彼の姿に大きく刺激を受けた。いつか自分もカメラを持って外国へ行きたい気持ちを強くした。読み進めるなかで著者はすでに亡くなっていて、死後まとめられた本だと知った。

一九四七年生まれの一ノ瀬泰造はベトナム、カンボジアの激戦地を取材し、やがて当時ポル・ポト派の支配下にあったアンコール・ワットへ向かった。危険極まりないアンコール・ワットを誰よりも早く撮影したいという、無謀ともいえる行為だったと伝えられている。そのとき一ノ瀬は二六歳で、ベトナム戦争を取材した中心的な世代より一〇歳ほど若かった。年齢から考えても、けっして戦場写真家としての経験が豊富だったわけでもないだろう。私の主観だが、だからこそスクープ的な魅力に溢れたアンコール・ワットへ向かったのではないだろうか。その途中で一ノ瀬は消息を絶つことになる。

私はMさんが教えてくれた分かれ道まで歩いた。

「この先です」

指差された道は舗装されておらず、地面の土は真っ赤だった。


かつて地雷原だったといわれている林へバイクタクシーとは名ばかりの、ただのバイクの後ろにまたがって分け入った。プノン・クーレンから、スラダムレイという場所を目指した。

車では入れず、バイクで行くしかない。とはいっても一〇分とか二〇分くらいの距離だろうとたかをくくっていたのだが、三〇分ほど乗り続けても一向に着きそうにない。バイクは完全に山道に入った。ただの登山道といった方が正しい。人が一人通れるだけの、ときに岩がむき出しの道も強引に走った。あまりにデコボコなので、お尻から腰のあたりが激しく痛い。できることならすぐにでもバイクを降りたかった。

やがてバイクは止まった。

「この先だ」

別のバイクに揺られていたMさんが言った。私は地面に座り込みそうなほどにダメージを受けてフラフラになっていたのだが、彼は意外なほど平気な顔をしていた。それに私の三脚を器用に運転手の背中と自分のお腹のあいだに挟んで、常に片手でそれを押さえ続けながらここまで来たのだ。

「全然、だいじょうぶ。小さい頃から乗っているから」

さらに一〇分ほど歩き、象の彫刻にたどり着いた。

私は三脚を立て、慎重に場所を変えながら撮影した。人が明らかに足を踏み入れていないだろうと思われる茂み、草原、林のなかへ入ることはそのたびに躊躇した。このあたりもまた、かつてポル・ポト派の完全なる支配下で、多くの地雷が埋められ、まだその撤去作業が進んでいないからだ。

撮影を終え、戻るためにまたバイクの後ろにまたがった。下りが多くなるので来たときより激しく揺れた。振り落とされそうになるたびに、運転手の肩に回した手とバイクの後部を握った手に力を入れる。なんとか持ちこたえる。大きな段差を降りる瞬間、お尻を微妙に浮かせる。そうしないと腰から背中、首にかけて直接衝撃が来る。でも、油断しているとゴツンとそれがやってくる。

半分以上は戻ってきたあたりだろうか、浅い川にかかった小さな橋を渡った。石の上に木の板を数本渡しただけの、大雨が来たらあっという間に流されるだろう簡単なものだ。

渡り終えるとガクンと身体が沈んだ。また衝撃がお尻から背中に向けて走った。するとバイクはその場で急停止した。Mさんを乗せたバイクはそれに気がつかずに前方を走り去っていった。

やがてエンジンが止まった。静寂がやってきた。初老の運転手の男と二人だけになった。男は英語がほとんど喋れない。

何が起きたのかと問うと、短く、

「プロブレム」

とだけ答えた。

男はエンジンを始動させようとした。必死にキックペダルを何度も踏み込む。やがてエンジンはかかった。期待が膨らんだが、やはりさっきと同じだ。アクセルをふかし、走り出そうとしてもエンジン音だけが大きくなるだけで、動かない。

さらにエンジンをふかすと、鈍い音がして足元に何かが落ちた、ボロボロと。金属の破片のようなもので、あたかもバイクが糞でもしたかのように映った。ヤギの糞のように細切れだったからだ。そのあとで、だらりと長いものが、吐き出されるように落ちた。それもまた排泄物のように見えた。切れたチェーンだった。

私はさっき渡ったばかりの小さな川の周りを歩いた。でも少しにとどめた。やはり地雷が怖

いという意識が働くからだ。どくろマークがついた警告の看板を途中に何度か見てもいた。

私は落ち着こうと傍《かたわら》の大きな石に座った。男は必死でバイクをいじっている。修理しているように見えるが、きっと自力では無理だろう。そのうちMさんが私たちが後に続いてこないことに気がつき、引き返して来てくれるはずだ。だいじょうぶだ、たいしたことではない。自分に言い聞かせるように呟いてみる。

私は川の流れに目をやった。すると、不意にあの日、目にした風景が頭のなかに広がる。一九九二年の冬。一月か二月の大雪の日。私は橋のたもとに立っている。寒く、穏やかで、ここちよい眺め。

私は振り返る。油にまみれた男の手。その頬を汗の粒が伝い、顎から地面にこぼれ落ちていく。

贈る言葉

卒業式から四日後。私は停車した中央線の列車の窓の向こうに目をやった。中野サンプラザがすぐそこに見えた。巨大な白い建物の手前の広場に色とりどりの袴《はかま》姿とスーツ姿が混じりあっている。今日もまた卒業式があるのか。今日だったら、間に合ったのに。どこの大学だろうか。病み上がりのぼんやりした頭で考えた。右側の通りには桜の並木があって、その花が少しだけ咲き、揺れていた。

やはり袴とスーツが重なって数人の若者たちが記念写真を撮っている。袖が揺れている。ふと、自分が彼らと一緒に立っているような気がして、急に胸のあたりが熱くなる。そんなふうに感じている自分に驚きもする。

そのあとで、あの頃と駅前が大きく変わったことに気がつく。でもあの巨大な建物はきっと、何も変わっていない。

一九八五年一二月中旬。私は、中野駅に降り立った。

地元の長野県諏訪を出たのは早朝のことだった。最寄りの駅から電車に乗ってしまえば、乗り換えることもなく新宿に着く。いま考えれば不思議な気もするが、その頃は松本発、新宿行きの普通列車がかなり頻繁に走っていた。

紺色とクリーム色の二色の車輛。高校までの通学に使うのと同じ電車に乗り続ければ東京に着くということが、どこか信じられない気持ちになることがあった。その分、東京は近くに感じられたけれど、やはり遠かった。諏訪から新宿までは四時間ほどかかっただろうか。

「できる限り、事前に自分が進学を希望する学校は見ておくように」

担任の理科の教師が、夏休み明けから頻繁に口にするようになった。個人の考えというよりは、学校の方針だったのだと思う。

担任の話では、数年前の卒業生で東京にある英語の専門学校に進学した女の子がいたという。その子は専門学校を直接訪れることなく、郵便のやりとりだけで合格した。推薦だったようだ。だから入学式当日に初めて学校に足を運び、あまりの校舎のボロボロさ、規模の小ささに啞然とし、それが原因ですぐにやめてしまったという。推薦で入学した場合、高校の信用問題となり、後輩が志望したときに影響がでる可能性があるのだが、そのことに関して担任はこんなことを言った。

「英語の専門学校は他にもたくさんあるので、その学校に限ってはよしとしました」

その専門学校の推薦枠を本学は捨てたも同然だけれど、今後はこんなことがないように気を

弱冷房車

つけてください、というニュアンスだった。だから、「できる限り、事前に自分が進学を希望する学校は見ておくように」ということなのだと思う。

その言葉に従い、私は進学を希望している写真の短大を見にいくために、東京へ向かった。受かるかどうかはわからない。それなりに倍率もあるようだ。一方で、自分には妥当だろうという思いがあった。本当は別の四年制大学の写真学科に行きたかったが、写真を撮った経験はほとんどなかった。さらに経済的な問題も大きかった。親から「そんな趣味みたいなもんに四年もお金をだせない」と断言されていたので、短大に写真学科というものが存在し、そこだったらなんとか許されたのだから幸いと考えるべきだった。

正直なところ、本当に自分は写真がやりたいのか、まるでわからなかった。半信半疑だった。やったことがないのだから当然だ。だから、親にどうしても四年間、写真を勉強したいなどと強気な発言もできない。そこを落ちたら、専門学校という道もまだ残されていた。

写真の短大には無事に合格した。面接のときにいくつか試験官に質問されたが、そのなかに意外なものがあった。

「きみは高校、皆勤賞ですか?」

高校から提出した書類にそう書いてあったのだろう。

「はい」

正直に答えた。推薦のための書類を事前に高校から預かり自分で送ったのだが、それには封がされていた。成績とかいろいろなことが書かれているのは想像できたが、出欠まで載っているとは思ってもみなかった。

「一日も休まなかった?」

重ねて聞かれた。

「はい」

どうしてそんなことを聞くのかと思ったが、後から、「この子は、うちの学校に入っても真面目に毎日通ってくるだろう」という予測が立つからかもしれない、と想像した。きっと、これが私の推薦入試における最大の「売り」だったはずだ。

だとしたら、それは母親のおかげということになる。

母親の方針で、私はとにかく小学校のときから学校をほとんど休ませてもらえなかった。ちなみに三歳上の姉は健康だったこともあるが、小中高とすべて皆勤賞という恐ろしい記録を樹立したので、私は中学を三年間で三日しか休んでいないのに、家のなかでは「そんなに休んで、どういうだ」という雰囲気だった。

母親の言い草は決まっていて、どんなに熱があっても、

「一時間目だけでいいから学校行って、早帰りしてこい」

というものだった。子供だからそんなものかと疑問にも思わずに従い、ときに死ぬ思いで学

校に向かった。小学五年生のとき、登校中、通学路脇の雪の上に吐いたことがある。そのときは本当に行き倒れると思った。

あるいは、高校一年の冬。夕方、病院に行ってインフルエンザだとわかったのだが、その日の朝、すでに三八度の熱があったにもかかわらず、片道一時間（そのうち三〇分は上り坂を延々と歩く）かけて登校した。間の悪いことに一時間目が体育の授業で見学となった。冬は校庭でサッカーというのが定番で、もちろん全面雪の上で気温は零下。授業が終わるまで校庭の端の雪上に立って見学していた。具合が悪くならない方がおかしい。授業が終わる頃には、激しい悪寒《おかん》がして、顔から首にかけて蕁麻疹《じんましん》のような赤い発疹がでた。もちろん、そのあとすぐに帰宅して、病院へ行った。それもまた結果として、推薦入試には効力があった、そのための努力だったことになるのだろうか。

長い長い下り坂を普通列車は下った。上着の内ポケットにはあらかじめ前日に学割で購入した往復の乗車券が入っている。ボール紙みたいに厚い切符。標高九五〇メートルから標高数メートルの巨大な街に向かって、野暮ったい列車は坂を下っていく。

立川駅で降りて快速に乗り換えた。目的地は中野だ。普通列車は立川をすぎると、新宿まで止まらない。そのかわり、異様にゆっくり走るらしい。だから、立川で降りて快速で中野まで行った方が無駄がないと、少し前に東京にやはり同じ理由で向かった同級生から教えられていた。

東京に足を踏み入れるのは、本当に久しぶりのことだった。小学校の修学旅行で行ったきりなので、約七年ぶり。

中野駅の北口の改札で駅員に切符を渡して外に出ようとした。すると、呼び止められた。お金を払う必要があるという。切符は新宿との往復で、その手前で降りたのだから、そんなはずはない。腑に落ちなかったが、そのことを訂正する勇気もなかった。一方で、自分が間違った乗り方をしてしまったという思いもあった。それで、言われるままに百数十円を払って改札の外にでた。

自分ではなく駅員の方が間違っていて、おそらく駅員は名前も聞いたことがない田舎の駅名から新宿と記された切符を見て、新宿からさらに乗り越してきたと勘違いしたのだ。だから、お金を請求されたのだ。そのことに思いいたるのは、ずっとあと、実際に東京に住みはじめてからのことだが。

目の前に巨大な建物があった。中野サンプラザだとすぐに気がついた。白くて眩しい。ほかには大して高い建物はなかった。

「やっぱりあそこに泊まりたい」

急に思った。

ほんの数日前に、受験の日に泊まるホテルに予約の電話をかけたばかりだった。それもまた、担任から注意を受けたからだ。受験日が決まったら親戚の家に泊まるなど宿泊場所のアテがある人以外はできる限り早めにホテルを予約しましょう。どこも混んでいて「予約できないことがある」というのだ。そんなものかと思いつつ、高校の近くの小さな本屋にかろうじて売っていた、ポケットサイズの東京のホテルガイドのような本を買った。そのなかから中野周辺で探すと「中野サンプラザ」が意外なことに載っていた。中野サンプラザって、コンサートとかするところじゃないの？　歌番組「ザ・ベストテン」で時々、中継とかされたりするあそこ？　という感じだった。そんなところに泊まれるの？　ホテル？　などと混乱したが、どうも同一のもので、泊まれるらしい。小さく載っていた写真は巨大なビルで部屋の写真もきれいそうで、なのに宿泊料はほかよりずいぶんと安い。どういうこと？　と頭が混乱したが、カッコつきで全国勤労青少年会館と書かれていて、どうやら公共施設だということがわかった。

そこで早速、予約の電話をしたのだが、

「すでに満室です」

とあっさり断られた。しかたなく、そのガイドブックに載っていたほかのホテルに電話したがやはり幾つも満室で、それでもかろうじて同じく北口にあるホテルの予約が取れた。

「ホテルを予約したら、そのホテルの前まで行ってみるのもいいかもしれません」

担任はそんなことも言った。諏訪から通える大学とか専門学校はひとつも存在せず、つまり大学生というものを日常的に目にすることがないのだから、先輩の話を聞くという機会は恐ろしく少なく、そんな手とり足とりの指導をしてくれたのだといまは思えるのだが、当時はなん

でも先生の言う通りという気持ちで、深く考えることもなかった。

予約したホテルは路地の奥にあった。ガイドブックに載っていた簡単な地図を頼りに歩きだしたが、すぐに迷ってしまった。地図があまりに簡単に描かれすぎていたのと、私がまったく東京に慣れていなかったことの両方が原因だろう。一時間近く歩いて、まさかこの先じゃないだろうというエリアにおそるおそる足を踏み入れると、そこにホテルはあった。

「これがホテル?」

第一印象はそんな感じだった。次に、ここには絶対に泊まれないと思った。飲食屋街の路地の先の袋小路で、周りは飲み屋の看板ばかりで、ホテルの建物自体にも、そんなお店がたくさん入っている。昼間なので閑散としているが、夜はとんでもないことになるだろうことは容易に想像がついた。

駅前まで戻った私は、公衆電話からすぐにキャンセルの電話を入れた。断ったら、怒られたりキャンセル料を請求されるのかと思ったが、何もなかったのでほっとした。

私は諦めきれずに、また中野サンプラザに電話した。当然ながら、答えは同じだった。

まずは喉の痛みが最初だった。翌日、発熱した。三七度五分ほどの熱が続いた。幸いなことに急ぎでする仕事はなかったから、朝から一日、ベッドに横になっていた。でもすぐに飽きて、壁に寄りかかったまま、なかなか時間がなくて読めないでいた、戦前から戦後にかけて生きた平凡な男性を通して描かれた昭和史のようなものを読みはじめた。面白くて、途中からやめられなくなった。熱がでたことで、こうして時間をとれたことを幸いとさえ思った。一晩休めば、明日朝には熱はすっかり下がるだろうと勝手に予測した。普段、ほとんど熱などだしたこともなく、この冬も一度も風邪を引かなかった。単に疲れただけだろうとたかをくくっていた。

予測に反して、熱はまったく下がらなかった。逆に微妙に上がり続けた。熱にコシがあるという言い方が正しいのかわからないが、そんな感じだった。粘り強く、じわじわと攻められた。それでもインフルエンザとはまったく思わなかった。その症状は冗談みたいに、いきなり熱が上がって、同時にどうしようもない悪寒、そして筋肉の痛みといったものに襲われるはずだが、違ったからだ。

二日後に、卒業式が控えている。その日はゼミの学生と「朝までコース」のつもりだ。自分が卒業した大学に、今度は教える立場となって関わり、三年ほどがたつ。昨年、一昨年と卒業生を送り出したが、どちらも朝方まで一緒に飲んだし、学生もそれを望んでいた。そのためには医者に行っておこうと思い立ち、日曜の夕方、休日診療が区の保健所となっていたので、そこへ出かけた。

熱を測り、症状を話すと、

「まあ、風邪ですね」

と、言われた。この程度で休日にわざわざ来るほどでもなかったんじゃないの？　と暗に言われているようで、申し訳ない気持ちになった。

でも熱は下がらなかった。翌日の夕方、また私は同じ保健所へ向かった。受付時間がギリギリだったので、いつ来るともわからないバスを待つより自転車の方が早いだろうと思って、それで向かった。熱は三八度ほどあった。

医者は別の方だったが、

「昨日も来ました」

と言うと、ちょっと驚いたような顔をした。

「明日が卒業式なもので」という言葉が喉元まででたが、飲み込んだ。

昨日と同じく、インフルエンザの検査を受けた。一度待合室で待たされたあと、再び入った診察室で、

「でました！　A型です」

困ったことなのだが、やっと認めてもらえたような気持ちにもなった。

翌朝、一人の男子学生におそるおそる電話した。

「実はインフルエンザにかかって……申し訳ないんだけど、今日の卒業式、出席できなくなったんだよ」

どんな反応が返ってくるだろうか。

「先生、嘘でしょ」

「ほんとう」

「いや、嘘だ」

「いやいや、ほんとなんだよ」

「いやいや、それ、ありえないから」

最後には笑い出した。

「ほんと、申し訳ない」

そう言って電話を切ると、一〇分ほどして別の女子学生から電話がかかってきた。しっかりした学生だ。

「先生、インフルで今日来れないって、ほんとですか？」

「うん、ほんと、ごめん」

ほかに言葉が浮かばない。


卒業式は中野サンプラザで行われる。一昨年、初めてその巨大なホールに入った。長い時間、客席の一番後ろから卒業する学生の姿を見ていた。

私のときは入学式も卒業式も新宿の小さなホールだったので、なんだかいろいろなことから自分たちだけが忘れ去られているような気がしたものだが、こんな立派な会場で卒業式を迎えられたら、きっと卒業生は晴れがましい気持ちになれるだろう。その後の祝賀会は同じく中野サンプラザの上の方の階で行われる。豪華な料理がでるが、学生はまったくお金を払わなくていい。同窓会主催だからだ。かつては、こんな会もなかった。私のときは、ゼミごとの謝恩会で、会費が一万円だった。私は会費のことを聞かされておらず、そのお金がなく、いま考えれば冗談みたいだが、先生に借りた。そして後日、返しにいった。だから、その金額はいまでも脳裏に刻まれている。

ベッドに横になった。何かこのまま終わってはいけないような気が急にしてきた。三度目の卒業生で、学年ごとにそれぞれ違った出来事や、思い出があるが、一年目よりは学生と接することに余裕がでてきたことは間違いない。とにかく一年目は、講義の内容とは別に、どんなふうに接すればいいのかがわからなかった。そもそも自分の一人称を「おれ」「ぼく」「わたし」のどれでいけばいいものなのか迷い、考えてしまうくらいだったのだから。

それでも、若者と接するのは楽しい。正確には若者全般が好きというわけではないと思う。「写真をやっている若者」が好きなのだと思う。かつての自分の姿をそこに垣間見る瞬間が頻繁にあるからだ。こんなに不安定な世界に飛び込み、写真を友として未来に進もうとしている姿に、その先輩として手を貸したいという思いがある。だから将来の悩みなどを聞かされると、まるでかつての自分と対峙しているような気持ちになってしまうのだ。

私はパソコンを開き、学生に向けて手紙を書き出した。熱はあったが大きな支障はなかった。夕方、プリントアウトして、普段、仕事を手伝ってもらっている若者にゼミのお別れ会がある中野駅北口の飲み屋の二階へ持っていってもらった。

贈る言葉

ご卒業、おめでとうございます。
今日は、みなさんの晴れ舞台である卒業式に出席できなくて、本当にごめんなさい。心から申し訳なく思っています。まさかこのタイミングでインフルエンザになるとは思いもせず、みなさんの晴れ姿を目にすることもできず、とても残念です。

明日からはいよいよ社会人ですね。
社会というのは、茫漠《ぼうばく》としていて、まとまりや、境目がなく、小学校から大学までの学校という場とはずいぶんと雰囲気も価値観も違う世界です。きっと戸惑うことや、納得がいかないこともあるでしょう。経験がない、若いというだけで、数のうちにいれてもらえないこともあるかもしれません。それでもけっして腐らずに前に進んでください、と言うのは簡単ですが、そう簡単なことではありません。ひとことでは表現できませんが、頑張りすぎず、頑張ってください。もう駄目だと思ったら、踏ん張りすぎず、逃げることも時には大切です。

自分の経験からいえば、会社員時代、どうにも意見の合わない上司がいました。そのとき、人と人は決定的にわかりあえないときがあると学びました。

学校と社会が大きく違う点は、いろいろな世代の人がいるということです。時に自分の親ほどの世代も、あるいはもっと上の世代、逆に若い世代もいるということです。世代による考え方、なにより置かれた立場によってそれは変わっていきます。社会にでて、最初に感じたことは「大人はカッコ悪いな」というものでした。立場や上下関係で言うことや態度を変えたりするからです。でも、そうやって誰もが精一杯仕事をして、身を守りながら、誰かを支えながら生きているということに次第に気がつきました。そのことを踏まえると、少しは楽に、優しく相手を見ることができるかもしれません。

でも、逆に、素晴らしい大人は意外と近くにいるものです。どうか、こんな人になりたいと思わせる素敵な人を、一人でいいのでできるだけ早く見つけてください。そんな人に出会うと、仕事も人生もあきらかに変わってゆくような気がします。

経験がない、若いというだけで萎縮する必要はまったくありません。若者という存在はいつの時代でも、生意気であるべきです。そして手垢《てあか》がついていない正論を言うべきです。

どうか、汚れた大人たちをはっとさせてください。

これに前にも話したことがあると思いますが、好きな言葉があります。作家、村上龍が本のタイトル（冒険家・投資家であるジム・ロジャーズの発言から引用）にもしている言葉です。

「世界を知ること」

「楽しむこと」

「死なないこと」

へこんだときに、声にしてみると意外と元気がでます。

「世界を知ること」とは、なにも外国に行ったり、遠くへ行くことだけで得られるものではありません。身近な日常のなかでも多くのものに触れて、視野を広げ、好奇心をもって世界と向きあってください。そして心を豊かにしてください。

「楽しむこと」、これは、意識しないとなかなかできません。日常のなかに埋もれてしまわないように、自分の人生、生活を意識的に楽しんでください。難しいことですが、つらいことも、どこかで「楽しもう」と思えれば、これにこしたことはありません。楽しむことを、どうか日常のなかで意識してください。

そして「死なないこと」。

当たり前ですが、死んでしまったら、なにもできません。とても重要です。

最後に。

前にも書きましたが、学生と社会人との違いはいくつもありますが、そのひとつは、社会には上司にあたる人は存在するけれど、先生はいないということです。手とり足とり教えてくれる人は残念ながらいません。

時に自分が自分の先生にならなくてはなりません。だから、どうか自分で自分をジャッジする習慣をつけてください。自分が自分の先生になってください。

例えば、これからも作品を作り続けるとしたとき、それに対しての意見、感想、道筋をアドバイスしてくれる人はほとんど存在しません。つまり、自分で、自分の作品を客観視して、駄目出ししていかなければならないということです。作家が孤独と言われるのは、こういう意味です。これは作品制作にかぎらず、なんにでも当てはまります。どうか、時に孤独を友として、自分で自分に駄目出しする癖をつけてください。

いま、未来に羽ばたくみなさんのことを、とても美しい存在だと思っています。卒業しても、どうかゼミ生同士（もちろんゼミ生以外でも）、仲良くしてください。よく言われることですが、学生時代の友人はその後の友人とはやはりあきらかに違います。時間がたつほど、それがいかに貴重であるかに気がつくと思います。

明日からのみなさんの未来が、明るく、幸多きことを心から祈っています。

ご卒業おめでとう。

一人の学生が代表して、この手紙を代読してくれたという。その直後に、携帯電話に電話がかかってきた。私は一人一人と短く言葉を交わした。意外なことに、多くの学生が電話の向こうで泣いていた。こういうことが起きるものなのだ、という不思議な気持ちだった。もし出席していたら、きっとこうはならなかっただろう。

熱は下がり始めていた。

この夏のこと

Tくんに会うのは、私がその会社を辞めてから初めてのことかもしれない。辞めたのは一九九一年の八月末のことだ。だとしたら、二五年ぶりということになる。Tくんはいまもその会社に勤め続けている。

四半世紀ぶりの再会を新宿の居酒屋のカウンターで並んでむかえた。初めて訪れる居酒屋で、店内は閑散としていた。今夜、台風が東京に上陸するかもしれないと天気予報が告げていたからだろう。待ち合わせた駅からほんの数百メートル傘をさして歩いただけなのに、足元や肩はかなり濡れた。

Tくんは四五歳で、もちろんあの頃と風貌が変わらないわけはなく、それなりに歳をとっていた。でも意外と印象はそのままで、喋り方も、声も、体型もたいして違っていない。

私が辞める年の四月にTくんは写真部に新人として入社してきた。私は二三歳で彼は二〇歳だったことになる。五ヶ月しか重なっていない。だから、二人だけで飲んだことは一度もなかったはずだ。そんなことをまず話した。

「三日連続、新宿で飲まされました」

入社した直後だという。まるで記憶になく、逆に「どんな状況で？」と訊ね、状況を教えてもらっても、やはり思い出せなかった。そもそも三日連続で普通飲むかな？ と笑い出したい気持ちになった。後輩が増えて、嬉しかったのだろうか。

「四人一緒でした」

そう言われても、やはり思い出せない。ただ四人というのは理解できた。写真部には彼と私のあいだに二人部員がいたからだ。いま考えれば、これもバブルの一面を確かに象徴していたのかもしれない。私の時から写真部では毎年、新人を採用するようになったのだ。だから三年連続で後輩が一人ずつできて、入社四年目にして三人の後輩がいた。だというのに私の上は二〇も年上で、そのあいだはぽっかり空いていた。ちなみに彼以外の、私を含めた三人は二〇代の頃に早々と会社を去っている。

共通の話題などあまりないのではないかと心配していたのだが、話は尽きなかった。すっかり忘れていたはずの、いや正しくは考えることをしなかっただけの事柄が、私のなかに残留していたことに驚きもした。次第に二五年前の夏に自分がいるような錯覚をおぼえた。

Tくんの口からこぼれる幾つもの懐かしい名前。耳にすれば鮮明に顔が浮かぶ。会社の時間は流れ、私が辞めた翌日からも日々、今日まで続いている。当たり前のことが信じられない気持ちになる。

高校三年生の夏、日航機が墜落した。私は長野の県立高校の三年生だった。夏休みのあいだ八ヶ岳の裾野にある、大きな企業の保養所で住み込みのアルバイトをしていた。隣町に住む叔父と叔母がそこの管理を長年任されていたからだ。

テレビのニュースは当初、日航機は八ヶ岳の方向に飛んでいると伝えた。墜落現場が特定されるまで、その後も、八ヶ岳周辺と報道されたはずだ。自分がいるあたりが大変なことになるのかもしれない、という不吉な思いでテレビ画面を見ていた。

翌日、あるいはその翌日だっただろうか。墜落したのが隣の群馬県の山のなかだと知った。報道されるそのニュースを、ガランと広い食堂の片隅で休憩時間に叔父たちと、お客さん用の大きなテレビで長い時間見た。

「お盆が近いと……人が引っ張られることがあるだだよ」

叔母が口を開いた。

「昨晩、Mさんが……」

Mさんが亡くなったと知ったのは一本の電話からで、電話の向こうの声は遠慮がちだった。

最初は別の方の名前を聞き間違えたような気がした。その次に悪い冗談だと思った。でもそんな電話をしてくるはずなどなく、電話を切ったあとはいまのは何かの錯覚かな、という思いに包まれた。Mさんはふたつ年上のフォトグラファーで、ニューヨークで最初に知り合った。その日の夜にニューヨーク時代の友人から詳しいことを聞いた。突然倒れて、そのまま亡くなってしまったとのことだった。享年五〇。幼いお子さんとご家族を残して、その年齢で逝ってしまったことが、どれほど無念だったことか。

お通夜は東京から電車で一時間ほどのお寺で行われた。ずっと以前に数回だけ訪れたことのある小さな駅で電車を降りると、蝉の鳴き声が晴れ渡った空から降り注いでいた。駅舎を出ると草いきれに包まれた。夏の西日は強烈で、その分だけアスファルトに伸びる影も濃かった。いや、そうではなく黒い服を着ているから、そう見えるのだろうか。すると、どうして自分がこんな黒い服に黒のネクタイをしめ、同じ色をした靴を履いて、ここに立っているのか、という気分に襲われた。Mさんの死はまったく実感を伴わなかった。

お寺までの道を迷うかもしれないと心配していたのだが、東京からの電車のなかにも黒い服を着た人がちらほらといて、駅を降りるとその姿はさらに増えて、知っている顔などひとつもないのに、まるでずっと以前から申し合わせていたように映り、初めてMさんが亡くなったことを認めなくてはならないと、胸が苦しくなった。

Mさんに初めて会ったのは一五年ほど前。私がニューヨークに暮らし始めて数ヶ月後、二〇〇一年が明けたばかりの頃のことだ。Mさんは知り合いの雑誌編集者の大学時代の同級生だった。その編集者がニューヨークに来ることになって、一緒にご飯を食べることになった。ブルックリンにあるステーキ・レストランにMさんの車で向かった。Mさんは大学卒業後、すぐに渡米してすでにニューヨークに一〇年以上暮らしている。

そのときはほとんど話をしてもらえなかった。当然だと思った。きっと同業だからだと思う。でも、嫌な気分にはならなかった。私はニューヨークに来て、まだ数ヶ月しかたっていない。Mさんからしたら、「ところで、きみは何しに来たの? この街で写真で食べていくつもり?」という感じだったろう。それが異国でのフリーの同業者同士というものだ。

でも不思議なことに何度も会うようになった。多くは帰国してからだ。私は二〇〇二年に帰国して、Mさんも9・11をきっかけとして拠点をニューヨークから東京に移した。

性格も写真の分野もまるで違う。Mさんは広告写真を主にしていた。Mさんはパワフルで饒舌で社交的。私はその逆だ。私は自転車しか持っていないが、Mさんは外国製スポーツカーに乗っていた。面白いほどにすべてが真逆な感じだった。なのに、一緒にいると妙に居心地がよかった。

写真の話をしているときが楽しかった。写真に対して本当に熱く、純粋な気持ちを持っていた。あの大きな街に何のつてもないまま渡り、生き抜いてきた逞しさの源を見た。

写真を愛していた。まさに少年のような、というたとえがふさわしい。だから信頼できたの

わたる
公明党

だと思う。いつも強気でいるように見えたけど、本当はとてもシャイで、繊細さゆえの裏返しだということもわかっていた。

お焼香を終えると、私はまっすぐ東京へ帰った。知り合いにも何人か会ったが、こういうときはどこかで一杯などという気持ちにはならない。

乗った電車には思いがけず車内販売があって、迷った末にビールとつまみを買った。勝手に「献杯」と心のなかで呟いて口をつけた。一缶で終えられず、もうひとつ開けた。

あれほど頑強なMさんが亡くなるとは、どういうことか。そんなことがあり得るのか。いろんな思いが次々と湧いて来て止まらない。一度も考えたことなどなかったけれど、Mさんは私にとって先輩であり、同志という気持ちが強かったことに気がついた。

途中の駅で乗り換えると、自分がかなり酔っていることがわかった。座席は空いておらず、立ったまま顔を上げると、車内には中吊り広告がいくつも下がっていて、そのなかで一人の女優さんがこちらを向いて微笑んでいた。Mさんが撮った写真だった。

お盆に長野の実家へ帰省したとき、一冊の本をたずさえた。行きと帰りの電車のなかで読もうと思ったからだ。一九九六年にカムチャツカで熊に襲われるという不慮の事故で命を落としてしまった写真家・星野道夫さんの『旅をする木』という本。再読するのは何度目のことだろうか。きっと三回目か、四回目のことだ。

今年は没後二〇年に当たるからだと思うのだが、あちこちで、その名前を見た。そんなこともあって久しぶりに手にしてみた。無駄のない洗練された、あたたかな文章だと改めて感じた。

一度だけ星野さんにお会いしたことがある。記憶が曖昧なのだが一九九四年か九五年のはずだ。亡くなるほんの少し前だった。

現在は存在しない月刊のアウトドア雑誌から著者インタビューの撮影を頼まれて、出版社の会議室で星野さんを撮影した。星野さんの新刊がでたばかりで、その取材だった。対象となった本は、『旅をする木』だったのかもしれないが、残念ながら覚えていない。文庫本の『旅をする木』の奥付を見ると、単行本が出版されたのが一九九五年八月と記されている。だとしたら、やはり一九九五年のことなのかもしれない。

ただ、ひとつだけしっかりとおぼえていることがある。名刺を直接、星野さんからいただいたことだ。嬉しかったということもあるが、そこに人柄を見た気がした。

インタビュアーは編集者で、星野さんと編集者がテーブルを挟んで向かい合うかたちになった。インタビュー中に私は編集者の脇から星野さんを撮る。その撮り方はとても一般的だ。新聞社時代もその撮り方が一番多かった。

当然ながら、取材者と被取材者が初対面だった場合、多くは名刺交換から始まる。カメラマンは撮影の準備があるので少し離れた場所にいることが多い。だから名刺交換をする機会を逃す。いや、それ以前に蚊帳《かや》の外になることもある。あたかもそこに存在しないかのように扱われる。被取材者がこちらに注意を向けることもなく終わることもあって、数に入っていない感じは寂しいものだが、新聞社時代を含めて何百回とそんな経験をしてきていたので、慣れっこになって、逆にできるだけ存在を消して黒子に徹するような癖がついた。その方が取材者にも被取材者にとってもインタビューに集中しやすいことはわかっているからだ。だから、星野さんがわざわざ私の方に向き直って歩を進め、名刺を差し出してくれたとき驚いたのだ。

『旅をする木』のなかに「歳月」という章がある。二一歳のとき、同い年の親友Tが谷川岳で遭難し、亡くなったことが綴られている。「その出来事は自分の青春にひとつのピリオドを打ったように思う」とある。さらに「Tの死からひたすらたしかな結論を捜していた」と続く。死から一年がたち、あるときふっと、その答えが見つかる。

「好きなことをやっていこう」

アラスカで「強い思いで対象に関われた」のは、だからだと記す。そして「かけがえのない者の死は、多くの場合、残された者にあるパワーを与えてゆく」と結ばれる。

お盆が過ぎて、事務所へ行くと一枚の葉書が届いていた。差し出し人に心当たりがないまま、「自宅にて天寿を全うし生涯を閉じました」という文字に目がいった。そのすぐ上に書かれていた名前を見て、「あっ」と声を上げそうになった。

Kさん。

この五月にお電話をいただいたばかりだった。私の銀座での写真展の初日だ。夕方、会場でオープニングパーティが行われることになっていた。

「伺いたいのですが、身体の調子が悪くて、ごめんなさい……」

声はしっかりしていたので、それほど重いとは思わなかった。わざわざお電話をいただいたことが嬉しかった。

Kさんは写真家のIさんの奥様だ。Iさんは二〇〇九年に六八歳で亡くなっている。生前何度かお会いしたことがあるが、Kさんと交流を持つようになったのはIさんが亡くなった後のことだ。私がIさんの思い出を新聞にエッセイとして書いたことがあり、そのとき人を介してご連絡をいただいたのだ。

「もし展示会などありましたら、必ず教えてください」

とおっしゃっていただいたので、写真展をするたびに案内を差し上げるようになった。初めてお会いしたのも写真展の会場だった。とても上品な方だった。

葉書にはKさんが亡くなったのは八月二日とあった。Mさんが亡くなる前の日だった。

事務所のガラス窓に直接立てかけてある写真。白木の額に入っている。その向こうには東京の夏の空が広がっている。いつも、あの先、あの方向にニューヨークがあると思って過ごしてきた。方角的にはまるで正しくない。でもニューヨークに行く以前から、どういうわけかそう思っていた。

私は硬く絞った布でその額についたホコリを丁寧に払う。さらにガラスの表面をムラなく拭いた。

白い壁にそれまでかかっていた別の写真を外して、代わりに拭いたばかりの白木の額をかけた。額のなかには雪のなかにたたずむフラットアイアンビルを撮った写真。撮影場所はおそらくマディソン・スクエア・パーク。撮影者はMさん。

あるとき、お互いのニューヨークの写真を交換した。一〇年以上前のことだ。どういう経緯からそうなったのだろうか。おぼえていない。ネガカラーで撮られたその写真は少し青みがかっている。朝だからかもしれないが、プリント時に少しだけ青みを足したのかもしれない。

私がMさんに渡した写真はどんなものだったろうか。エンパイアー・ステートビルからマンハッタンを撮ったモノクロ写真だったはずだ。中央にワールド・トレード・センタービルが写っている。

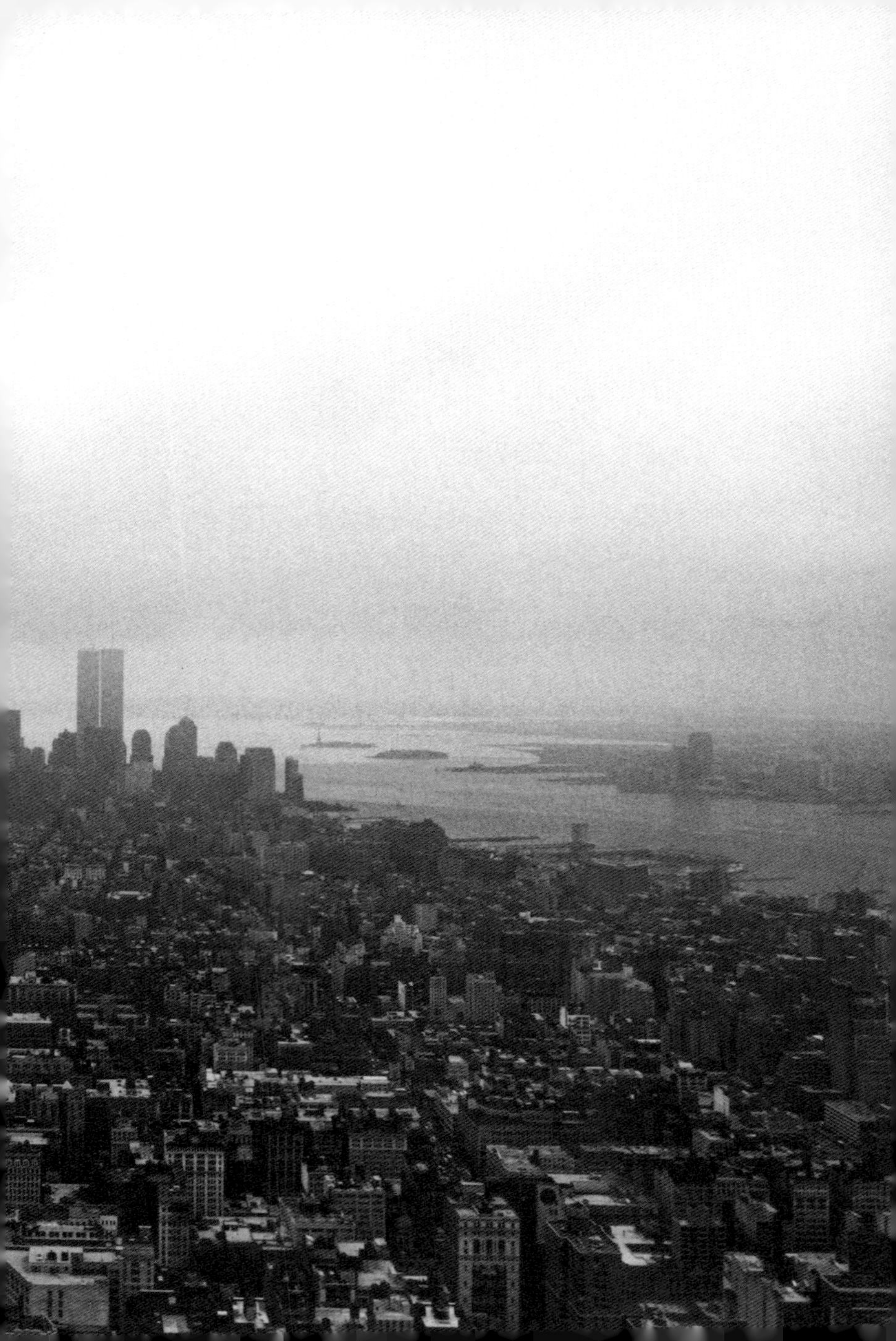

Tくんと私は最後の客となった。

本当はもう一軒といきたいところだったが、さすがに台風が直撃する夜にすることではなさそうだ。彼は電車で一時間以上かかる隣の県に住んでいる。だから、引き止めるのも気が引けた。

私はずっと考えていた。不思議でならないのだ。同時にそう思っている自分がかなりの少数派で、きっと多くの人にとっては不思議でもなんでもない、ということもよくわかっているつもりだった。

話を聞いているうちに、ひとつの会社でずっと年齢を重ねていくことが次第に不思議に思えてきたのだ。どうしても実感が得られないのだ。二三歳で私の記憶は止まっている。なのに、その後もいろんなことが、途切れることなく続いているということが。

あれからどれほどの時間がどんなふうに流れて、何がどう変わったのか。細かく訊ねたくなる。カメラはフィルムからデジタルに代わって、暗室もすでになくなっているという。

ただ、そういうことを知りたいのではなく、サラリーマンとして歳をとることが、果たしてどういうことなのか、できればその実感を具体的に教えてほしいのだ。時間が繋がっていることが、どこか恐ろしいことのように感じられもする。でも、それが語れる種類のものではないことも、わかっている。会社を辞めて後悔したことは一度もないけれども、それを経験できなかったことを、少し寂しくも思っている心に気がつく。

もし、あのまま会社にいたとしたら、自分はどんなふうに歳をとったのか。Tくんと同僚としてこのカウンターにいることだってあり得たのかもしれない。

階段を上がって地上へ出ると、風と雨はより激しくなっていた。私たちは足早に駅へ向かった。

今宵、僕たちは

iPodにつながっているイヤホンを両方の耳に入れる。手元の再生ボタンを押す。四人組のバンド、SEKAI NO OWARIが歌う「Dragon Night」が流れ出す。

今宵は百万年に一度　太陽が沈んで夜が訪れる日
終わりの来ないような戦いも　今宵は休戦して祝杯をあげる
人はそれぞれ「正義」があって、争い合うのは仕方ないのかも知れない
だけど僕の嫌いな「彼」も　彼なりの理由があるとおもうんだ

ドラゴンナイト　今宵、僕たちは友達のように歌うだろう
ムーンライト、スターリースカイ、ファイアーバード
今宵、僕たちは友達のように踊るんだ

帰宅してテレビのスイッチを入れると同時に忠臣蔵関連のニュースが始まった。画面は浅野内匠頭《たくみのかみ》と家臣の赤穂浪士たちが眠る港区高輪の泉岳寺付近のようで、たくさんの人で溢れていた。いまから約三〇〇年前の元禄一五年（一七〇二）に起きた赤穂浪士による吉良邸への討入りの当日だからだ。最近では外国人の観光客が増えているとアナウンサーの声が伝えた。

赤穂義士祭というものがあるそうで、門前で行われる赤穂義士行列の映像が続けて流れた。大勢の観光客が見守るなか、仮装した四十七士が列をなしている。先頭の一人が討ち取った吉良上野介の首を入れた白い布を槍の先端に吊り下げて歩いていた。布の一部を赤く染めるほどの手の込みようで、正直ぎょっとした。行列の華やかさ、いや正統さとでもいえばいいのか、それに驚きもした。ほんの数時間前に訪ねたばかりの墓前のことが、自然と頭に浮かんだからだ。そこには私以外に誰もいなかった。

二年ほど前から、シノゴ（4×5インチ）と呼ばれる大型カメラを使って東京を撮ることに熱中している。数万年の時間をかけて水の流れによって削られた土地をできるだけ正確に撮影したい思いがある。とはいっても、それを完全に撮ることは不可能だ。建造物が邪魔をして視界を塞いでいるからだ。

カメラは木製で、レンズ部分とフィルム面は蛇腹でつながっている。電池を必要としない。

露出計もついていない。ピントもルーペを背後のピントグラスに直接あてて合わせるしかない。クラシックカメラという感覚は私にはないが、デジタルカメラが全盛の現在ではそう思われてもしかたがないし、年々フィルムが手に入りにくくなっていることを考えると、確実にその領域に取り込まれつつある。

四×五インチ（102×127mm）サイズのシートフィルムを入れることができるのだが、最大の特徴はアオリ（煽り）機能があることだ。レンズ面とフィルム面を別々に傾けることでその機能を発揮できる。その機能を使いながら絞りを最大にすると、条件にもよるが近くから遥か遠くまで同時にピントを合わすことが可能だ。だからこのカメラでできるだけ精細に東京を複写したいのだ。

東京の、特に西側の多くは川の流れによって削られた。多摩川、神田川、善福寺《ぜんぷくじ》川、妙正寺《みょうしょうじ》川沿いなどがそれにあたる。

そのなかで私は妙正寺川沿いに特に惹かれている。短く地味な川なのに激しく削られた跡が濃いからだ。妙正寺川は、杉並区にある妙正寺池から始まり新宿区下落合周辺で神田川に合流してその名前を消すため、たった九・七キロの長さしかない。そのためだろうか、東京に長く住んでいる人にも意外なほど知られておらず、知名度がかなり低い。

妙正寺川沿いの中井駅の南西の方向にはお寺が密集している地域があって、あたかも岬のように突き出した高台になっている。長い時間をかけて川の流れが削った跡で、そこに立つと数

万年の時間の蓄積を見ているような気がする。例えばそんな眺めを写真におさめたいのだ。

写真の特徴として、急坂、険しい山道といった斜面は意外と表現しにくい。立体物を平面にしてしまうためだろうか、とにかく写真に撮ったとたんに険しさといったものは息を潜めてしまう。それに対し、目の前に立ちはだかる壁や崖の方が断然絵になりやすい。そんな理由もあって、妙正寺川沿いに何度も通っている。


幼少の頃から時折、聞かされてきた名前がある。会ったことはない。三〇〇年以上前の人だからだ。写真も肖像画も残っていない。だからだろうか、その姿をうまく頭に描くことができない。名を小松三郎左衛門という。その人にまつわる物語についても聞かされてきた。

そもそも最初に耳にしたのはいつだったのか。誰からだったのか。祖父からか、祖母からか、あるいは父からだったのだろうか。気がつけば自然とその名をそらんじられるようになっていた。

私が生まれた地は甲州街道の宿場町のひとつの金澤宿《かなざわしゅく》で、その人はそこに実在した。史料や碑、地蔵といったものが残されているから間違いないだろう。ただ、私が多く聞かされた物語はどれも断片的で「地区の山を守った偉人」「江戸時代の偉い人」「諏訪の殿様に直訴して殺された人」といったものだ。

初めて全体像を教えてくれたのは小学校の担任の先生だったと記憶している。四年生か五年生のときだ。先生はかなりの歴史好きだった。

いまから三四〇年以上前の江戸時代。隣には千野村という村があって、両村の山間部の境界はかなり曖昧だったようで、寛文八年（一六六八）に千野村の者三人が山で金澤村の者に襲われて怪我を負うという事件が起きた。

その事件への腹いせのつもりもあったのか、あるいは山の境を巡るトラブルは継続して起きていたのかは知るよしもないが、九年後の延宝五年（一六七七）に千野村は高島藩に対して、金澤村が所有を主張する山への入会《いりあい》権を正式に申し出た。ちなみにその山域は赤石山脈の北側の端で、山向こうには高遠《たかとお》藩がある。

時代が下ってから書かれたもののようだが、金澤村の記録にはそれ以前の明暦二年（一六五六）に高島藩主が松倉峠というところまで自ら馬で出向き、両村の境と裁定したが、藩主没後に千野村が権利を主張してきたとある。つまり殿様の代替わりを機に、千野村がすでに決まっていた境界線を無視して、突然に入会権を主張し始めた、というのだ。

千野村の申し出に対し、諏訪奉行所は翌延宝六年（一六七八）の一〇月六日に「山論裁許之覚」という裁許状を下した。千野村は山へ入ることを許されたのだ。金澤村が主張する境界など、そもそも最初からないという判断がなされた。

金澤村にとっては到底承服できない内容だったのだろう。それから四日後、村の中心的人物であった問屋・本陣の小松三郎左衛門は妻子を親元へ返し、奉行所へ不服を申し出た。殿様へ直訴するほどにいきりたっていたようで、その場で捕えられ投獄されてしまう。

それから一五日後、小松三郎左衛門は地元ではりつけとなり処刑された。三十四歳だったという。


以前も訪れたことのある中井駅で下車した。壁のように立ちはだかる斜面に切られた坂道を登る。東京とは思えないほど急だ。登り切ると急に見晴らしがよくなる。いくつものお寺が密集している。

振り返って三脚を立て、カメラを載せる。ピントグラスに上下左右がすべて逆になった像が現れる。それを頼りに構図を決める。川が削った時間の蓄積をできるだけ意識してみる。レンズ面を傾け、さらにフィルム面も傾ける。ルーペを覗き、慎重にピントを合わせる。水平をもう一度、出す。露出計で露出を測る。絞りを最大にし、シャッターを閉じる。

撮影を終えたあと、萬昌院功運寺《ばんしょういんこううんじ》へ向かう。もともと萬昌院、功運寺という別々のお寺が一つになった経緯があるようだ。

境内の墓地へは自由に入っていけるものだと勝手に思っていたのだが、立派な山門の前に女性の警備員が立っていた。背後は可動式のフェンスで閉じられている。もしかしたら裏の方に墓地への入口が別にあるのではないかと思いぐるりと回ってみたのだが、それらしきものはなく塀ですべてが囲まれていて、また元のところに戻ってきてしまった。

少し迷ったけれど、警備員のところに歩み寄った。

「あの、なかのお墓へ行きたいのですが……林芙美子の……」

とっさに違う名が口をついた。

「入れますよ。ただし、お名前を書いてもらうことと、写真撮影しないことが条件になります」

入れるだけでありがたかったのでもちろん承諾した。肩に担いでいた三脚は預かってもらった。

墓地に一歩足を踏み入れると、空気が変わった気がした。空気がピンと張りつめている。視界すべてが墓石ばかりとなった。その背後に立ちはだかるマンションも墓標の続きみたいに映った。マンションの壁だけ西日を浴びて、太陽の反射が眩しい。マンションはかつて川の流れが削った坂下に建っているはずで、だから上の階が目の高さに見えている。

林芙美子のお墓はすぐに見つかった。大きな通路に面していたからだ。墓碑の文字は川端康成によるはずだ。私はそこを素通りしてさらに奥へ進む。途中で右へ折れる。不意に線香が煙る匂いが鼻をついた。さらに進むと広くなっている区画に着いた。線香の匂いはここからだった。火がついていた。どういうわけか、ほっとする気持ちが湧いた。人の姿はない。

ひとつの区画のなかの二ヶ所で線香が焚かれていた。そのうち右側の墓碑が吉良上野介のもののようだった。花も供えられていた。左側の方は四角い石で、お墓でなく碑のようだった。最近作られたものだろうか。それほど古くはなさそうだった。よく見ると、討入りで殉職した吉良家の家臣たちを供養するものであることがわかった。「吉良邸討死忠臣墓誌」とあり、驚くほど多くの名が刻まれていた。私は正面に立って、手を合わせた。

お線香が燃えつきるまでの時間は三〇分ほどだろうか。ということは、ついさっきまで誰かがここにいたはずだ。足を運んできたはずだ。

とっさに振り向いてみた。やはり誰の姿もない。

正直なところ、特段に忠臣蔵にも吉良上野介にも興味を持っていたわけではない。訪ねたのは単純に興味本位からだ。そもそも、ここに吉良上野介のお墓があることは、撮影のためにこのあたりのことを調べている過程で知ったにすぎない。まず林芙美子がこの近くに住んでいたと知り、その家が記念館となっていることがわかり、その建物の前が急坂だったので撮影に行き、さらにお墓が近くにあることがわかったので調べてみると、吉良上野介のお墓も同じところにあったのだ。

討入り、忠臣蔵といえば、江戸城とその周辺が頭に浮かぶ。その時代にこの川沿いの地は当然ながら完全な城外で、ただの寒村という風情だったはずだ。それなのに何故こんなところに吉良上野介のお墓が？　と疑問を持った。

調べてみると、この周辺の多くのお寺が明治から大正にかけて移転してきたことがわかった。萬昌院が移転してきたのは大正二年（一九一三）のようだ。

関東大震災と関係があるはずだと、まずは考えた。焼け出されたと思ったのだ。でも間違いだった。関東大震災は大正一二年だからだ。さらに調べていくと、明治政府が深く関係していることがわかった。大名の菩提寺などが国有地（明治政府の領地）とみなされ、強制的に移転させられたようだった。

小松三郎左衛門が処刑された川沿いの場所には現在、供養のために観音像と地蔵尊が置かれている。地蔵尊が置かれたのはその死からおよそ一〇〇年後の安永二年（一七七三）のことで、小松家の子孫の手によるといわれている。一〇〇年という長い空白に驚かされる。罪人という扱いゆえに、墓を含めて慰霊に関するものを藩から禁じられていたようだ。

子供の頃にその前を通ると背筋が伸びた。膨大な過去の鋭利な一部分だけが顔を出しているかのようで緊張した。触れてしまったら向こう側に吸い込まれて二度と戻れない気がした。だからぼんやりと怖かった。

担任の先生は、小松三郎左衛門が処刑されたあと「生首は見せしめとして川向こうに野ざらしにされた」と言った。あたかも自分が見たような口ぶりで、だからその光景がまざまざと見えるようだった。

本当のことなのかどうかはわからない。私の手元にある資料にはそのことは書かれてはいない。住民がそこに集められ、処刑を見ることを強制されたと記されたものは見つけた。川向こうはいまでも何もない。背後は急な斜面で木々が鬱蒼《うっそう》としている。その地形は八ヶ岳が噴火した際、そこでマグマが止まったからだといわれているが、処刑されてから三〇〇年以上の時間がたっているというのに、畑や田んぼになっているわけでも、ましてや家があるわけでもない。ただの空き地で草だけが生えている。だから容易に想像できてしまうのだ。三〇〇年間、何も変わっていないことなどあり得ないが、それでも何も変わっていないように映る。

帰り際、私は少し迷った末に、警備員の女性に訊ねた。

「やっぱり、今日は人が多いんですか?」

唐突すぎる私の言い方に、その人は少し驚いたような顔をした。そのあとで、

「今日は討入りですから。団体で来られた方たちもいましたよ」

駅に戻るために坂を下りながら、私は「今日は討入りですから」という言葉を何度か口のなかで転がしてみた。すると、その事件がついさっき起きたことのような気がしてくるのだった。

どうしてそれほど遠い過去の出来事を祖父や父、さらには学校の先生が口にしたのか。考えてみれば不思議な気もするが理由がある。ことは江戸時代で終わっていないからだ。明治になって再燃したのだ。

発端は地租改正で、土地の所有権をはっきりさせる必要がでてきたためだという。最初は千野村側から県への訴えだったらしい。県がその主張を退けたために裁判となったようだ。金澤村が黙っているはずはなく、争いとなった。最終的に明治一三年（一八八〇）に宮城上等裁判所で判決がでて、金澤村の主張が認められた。小松三郎左衛門が処刑されてからおよそ二〇〇年後のことだ。

そのあいだ、金澤村の者たちは不服の気持ちを持ち続けていたのだろうか。その火がくすぶり続けていたということだろうか。きっとそうだろう。ただ、小松三郎左衛門の仇《あだ》を討つというより、単純に山が生活のために必要だったからかもしれない。薪、炭、家畜の餌、家屋を建てるための材料、山菜、狩猟で得る動物や魚といった食料はすべて山がもたらしてくれるものだからだ。

祖父や父の代にとって、親やその親の世代がその行動のなかにいたわけだから、当然ながらリアルな出来事だったに違いない。

亡くなった父が、農作業の途中で一度だけ言ったことがある。

「小松三郎左衛門はあの山を命をかけて守った」

そのときは何も疑問など感じなかったが、よくよく考えてみれば正確には敗れたのだから正しくない。しかし、だからこそ、無念を村民に持たせ続け、時代が明治に変わってからやっと取り返したのだと、父は言いたかったのだろうか。

遠い過去、どちらの言い分が正しかったのか、どちらに正義があったのか。もはや、誰にもわかるはずなどない。それでも、その地で生まれた者として、やはり小松三郎左衛門に正義があったと思いたい自分に気がつく。

今宵は百万年に一度　太陽が夜に遊びに訪れる日
終わりの来ないような戦いも　今宵は休戦の証の炎をともす
人はそれぞれ「正義」があって、争い合うのは仕方ないのかも知れない
だけど僕の「正義」がきっと　彼を傷付けていたんだね

ドラゴンナイト　今宵、僕たちは友達のように歌うだろう
コングラッチュレイション、グラッチュレイション、グラッチュレイション
今宵、僕たちの戦いは「終わる」んだ

母を撮る

諏訪の冬は色を失う。幼い頃から、それが嫌いだった。死を連想させるからだ。それでいて、身を置き続けていると、ふと心地よさもやってくる。あたかも、霜焼けの痛さとかゆさが反転するさまに似てもいる。一九四〇年生まれの母は、その地を離れたことがない。実家から歩いてすぐの林へ母と向かった。一一年前に亡くなった父が、死の数ヶ月前に切り倒した木が背後で朽ちていた。

三月の終わり、諏訪へ帰省した。

最寄りの小さな駅で下車して、あたりを見渡すと、まだ冬そのもので、ぐるりと囲んだ山々は冬枯れしていて色がなく、東京よりぐっと寒く、肩のあたりに思わず力が入った。東京ではすでに梅が散っていたが、それすらも咲いていない。すると、唐突に何かをいさめられているような気持ちになった。ただ深く息を吸い込めば、それでも明らかに冬のそれとは大きく違い、

角がとれた柔らかさを含んでいた。

私はシノゴと呼ばれる大型カメラを東京から携えてきた。数年前に冬を中心に八ヶ岳山麓をくまなく車で回って、枯れた植物のツルや枝を撮影して作品にした際に使用した木製のフィルムカメラだ。最近は同じカメラで東京の地形を撮影している。

今回の帰省の目的はそのカメラで母を撮り、以前から実行委員として関わっている五〇人近くの写真家が参加する展覧会に出品することだ。

展覧会は今回で九回目を迎えるのだが、そもそもはデジタルカメラの普及に押されてフィルムの存続に危機感を持った写真家たちが、もっとフィルムを使っていこう、残そうという思いから自主的に始めたものだ。今回は全体の共通テーマが「ポートレイト」となった。

数名の実行委員の写真家たちと一昨年の展示が終了してから定期的に会合をもって、テーマを詰めてきた。ヌード、風景、日記風……当初はいろんな意見がでたが、多くの写真家が実現可能で、かつ展覧会として成立すること、つまり足を運んでいただく観客の興味をひくテーマとして何がふさわしいか、さまざまな議論が交わされ、最終的に「ポートレイト」に決まった。もちろん、すべての写真家が手弁当で参加している。

父を撮る機会は多かった。おもに農作業をしている姿で、二〇〇六年の二月に亡くなるまでのことだ。最後に父を撮ったのは死の三〇分ほどあと、病室のベッドに横たわる姿だった。正直に告白すれば、その瞬間を私は狙っていたことになる。父の死を撮ることを想定していたといっていい。その日、バッグのなかに密かに使い慣れたフィルムカメラを忍ばせていた。

その姿を本当に撮りたかったのかと問われれば、撮りたくなどなかった。即座にそう答えるだろう。ただ、父の死は絶対に避けられないものとして目の前に横たわっていた。奇跡の回復が望めるはずがないことにわかりきっていた。だからこそ、これまでずっと父を被写体として撮っていた自分が、その最期を撮らずしてどうする、という思いが強くあった。

それなのに母にカメラを向けようと思ったことはほとんどないし、実際に写真を撮ったことも数えるほどしかない。その理由を自分ではきちんと説明できないのだが、考えてみれば、どこかに写真を撮りに行く際にも、被写体は男性の方が圧倒的に多い。それもできるだけ歳を重ねた老人やそれに近い人たち。深い皺が刻まれた姿や凜とした表情をフォトジェニックだと思うからだ。

「ポートレイト」というテーマで誰を撮ればいいのか。なかなか決めることができなかった。この二月にはインドへ二週間ほど撮影に出かけたので、そこで撮りたい気持ちもあったが、デジタルカメラの機材以外にフィルムカメラとフィルムを持っていく余裕はなかった。

東京から持ってきたシノゴのシートフィルムは一二枚。フォルダと呼ばれるものにすでに装《そう》塡《てん》してある。暗室のなかでしかフィルムを入れられないからだ。一枚のフォルダに前後一枚ずつ、計二枚入れることができる。フォルダは六つ。

最近は完全にデジタルカメラに慣れてしまっているから、撮影枚数を気にすることはほとんどなくなってしまった。記録メディアがいっぱいになるまで何百枚、場合によって何千枚も連続して撮れるのだから。

それに対して、ずいぶん心もとない。フィルムを使っていた時代にはこれが当たり前だった。そのことを逆に不思議にも思う。


どこで撮ろうかと考えた末、実家から車で数分のところにある古い畑の跡に向かった。私が幼い頃には畑だったが、その後は農作物が作られることがなくなった場所。近くに林があって、そこで撮ることにした。

母を撮ると決めたときから、どういうわけか冬枯れした風景のなかに立たせたくなった。そんなところにポツンと立っている絵が頭に浮かんだ。明らかに老人であるその姿と相性がいいと感じたからだろうか。少なくとも、盛夏の林ではない気がした。

三脚を立て、カメラを雲台《うんだい》に載せ、固定するためのネジをしっかりと締める。絞りを開け、レンズを開放にする。ピントグラスが急に明るくなる。像が結ぶまでピントのノブを回してい

く。やがて上下、左右がすべて逆になった状態で像がくっきりと現れる。

母がピントグラスの向こうで逆さになったまま𝄀こちらを見ている。明らかに照れている。何かもの足りない気がして、自分がかぶっていた帽子を母にかぶせてみる。すると母は吹きだした。でも、まんざらでもなさそうで、外そうとはしなかった。

「おしょうしいで、早くしろ」

おしょうしいとは恥ずかしいという意味の方言だ。ルーペをピントグラスに直接載せ、覗きながらピントを合わせる。像が揺れている。正しくは母が揺れている。

「動かないで」

「動いてない」

私はカメラ越しではなく、直接母の姿を注意深く観察する。こんなふうに眺めたことなどあっただろうか。

やはり揺れている。

きっと本人はそのことに気がついていない。老人は揺れる。筋肉の衰えなのか、別の理由からなのかは知らない。でもそのことはこれまで写真を撮ってきた経験から知っている。母も例外ではなく、同じように揺れていた。

だからそれ以上「動かないで」とは告げず、代わりに背後の倒木に身体を少しだけ預けるように伝えた。多少は揺れが収まると考えたからだ。

夕方、母と諏訪湖畔の温泉旅館へ向かった。正月、私はたまっていた仕事などがあって帰省することができなかった。その罪滅ぼしのような気持ちもあって、そこに母と一泊することにしたのだ。こんなことをするのは初めてのことだった。単純に実家に泊まるだけでは退屈という思いもあった。

三月の終わりの諏訪湖。観光的にはまったく季節はずれのシーズンオフ。ネットで調べてみれば、普段の半額くらいで泊まれることがわかった。当然ながら地元の者に季節はずれやシーズンオフという感覚などない。

通された部屋の窓の外、すぐそこに諏訪湖が望めた。どんよりと濁った灰色をしている。この時季特有の色だ。高校生の頃、毎日眺めていた。それなのに、あのときと同じ場所にはどうしても見えない。

東京に戻り、ラボにネガの現像をお願いし、数日後にピックアップすると無事に写っていて安心した。それを大全《だいぜん》（508×610mm）と呼ばれるサイズの印画紙に引き伸ばすことにした。自分の事務所にも引き伸ばし機が置いてあり、モノクロプリントを作ることができるのだが、半切《せっ》と呼ばれるサイズまでで、それ以上の大きさのものはできない。だからレンタル暗室を借りることにした。

赤く弱々しいセーフライトの光の下で、シノゴ用の引き伸ばし機にネガを細心の注意でセットする。次にピントルーペを覗きながら、ピントを合わせる。片方の手を目一杯伸ばす。大きく引き伸ばすため、印画紙を置く台と引き伸ばし機のピントのノブまで距離ができてしまうからだ。

段階露光というテストプリントを作って、おおよその露出時間を割り出す。そのあとでコントラストを調整するフィルターを入れ直す。どちらもカンに頼るところが大きい。ここもデジタルと大きく違う点だ。身体を動かしていると意外と一連の動作が蘇る。一〇年ほど前までは頻繁にプリントしていた。まだ十分に身体が覚えているということだろう。

ただし印画紙は一〇枚のみ。この枚数で焼ききらなくてはならない。一〇枚セットで箱に入って売られていて、これで二万円近くする。一枚二千円近い。以前の倍ほどの値段に跳ね上がってしまった。それでも印画紙が存在しているだけでありがたいと思うべきかもしれない。

露光を終えた印画紙を現像液が入ったバットのなかにゆっくりと沈めていく。印画紙が大きいので、折れないよう注意しなくてはならない。

二〇秒ほどすると薄らと像が浮かび上がってくる。セーフライトの光が現像液の揺れる影を生み、その上に重なっていく。いつでもこの瞬間は独特の思いに包まれる。どこにも存在しなかったものが初めて世界に触れるとき、あるいは光が変換され「物」として存在するようになる場に立ち会っているとでもいえばいいだろうか。

気に入っていたカットがブレていることに、暗室の明かりをつけたところで初めて気がついた。定着液までくぐらせた印画紙を確認しているときだった。顔のあたりがぼんやりしている。撮影のときにピントを外してしまったのか。さらに周辺に目を移してみる。胸元や手の甲などにはきちんとピントが合っていた。ということは顔のあたりだけがかすかに動いたに違いない。被写体ブレだ。

シャッター速度は八分の一。少しでも被写体が動けばもちろんブレるが、静かに立っていれば、まずブレないギリギリの速度。シャッター速度をできるだけ遅くするのは、絞り込んで被写界深度（ピントの幅）を稼ぐためだ。

引き伸ばし機からネガを外し、ライトボックスに載せてもう一度ルーペで注意深くネガを見てみる。どれほど凝視しても顔がブレているようには見えない。おそらく、ここまで大きく引き伸ばさなかったら気がつかない程度のブレだ。

試しに別のネガを引き伸ばし機にセットし、プリントしてみた。こちらはブレていなかった。出品するネガを変えることにした。

撮影を終えると母は林を下っていった。畑の跡の土手にフキノトウが自生しているからで、それを摘むためだ。

家に持ち帰ったそれをパックに詰め、翌朝八ヶ岳山麓にある直売所へ持っていくという。私も詰めるのを手伝った。一パックをいくらで売るのかと問えば、二〇〇円だという。パックは一〇個ほどになった。

「売れるの？」

「あっという間に売れる」

夏にプチトマトやトウモロコシを持って、やはり母とそこへ行ったことは何度もある。夏は県外からの観光客で賑わっていて明るいのだが、さすがにこの季節は人の姿はまばらだった。

駐車場の端の日陰の斜面に雪が残っていて、そこにおそらく東京とか、雪が降らない地から来たのだろう、小学生くらいの男の子とその父親と思われる四〇歳ほどの男性が雪の斜面を登ったり下ったりしていた。延々とそれを繰り返している。

あれの何が楽しいのだろうか。そう思っている自分に気がついて、では逆に自分はあのどこを楽しいはずなどないと思うのだろうか、と自問してみたくなった。導き出した答えは、幼い頃、あれと似たようなことをやりすぎたから、というあまりに当たり前で、つまらないものだった。

母が身体を預けている背後の倒木に目をやる。そこにもピントがきちんと来ているかを確認するためにだ。印画紙にさらに顔を近づける。数年前から老眼になり、以前はこんな場面でメガネを外す必要などなかったのだが、いまはそうするしかない。暗室のなかでこの行為をするのは初めてかもしれない。メガネの置き場に困った記憶などないのだから。

撮影した時間の何倍も被写体を暗室で見続ける。すると撮影のときは何も見ていなかったのかもしれない、と以前と同じことをまた思う。全体は見ているが、細部には目が行き届かないのだ。現場では一度にすべきことが多すぎるからだし、人間の目はきっとそんなふうにはできていない。


諏訪湖の近くで働いている女性のことが頭に浮かぶ。仕事で知り合った一〇ばかり年下の女性で、つい先日メールをもらったばかりだった。勤めていた会社を辞めて、この春から大学に入りなおすために諏訪を離れると書かれていて、驚いた。彼女はもう諏訪を離れてしまったのだろうか、それともこれからだろうか。

そのあとで同世代のやはり諏訪出身の友人がこの春、東京での生活を引き払い、諏訪へ帰ると聞いたことについて考える。私と同じく高校卒業と同時に上京したはずだから、三〇年ほどの東京生活に終止符を打つことになるはずだ。それを聞いたのは昨年の夏のことだ。

本当に諏訪に帰るのだろうか。いや、すでに帰っているのか。ひょっこり、たったいま湖岸の遊歩道を向こうから歩いてきて、こちらに手を振っても不思議ではない気分になる。

そのあとで、もし自分が東京での生活を終え諏訪に帰ったとしたら、どんなふうに諏訪湖が映るのだろうかと努めて考えてみる。すると、どういうわけか夏の日差しに輝く湖面が頭に浮かぶ。何かが大きくリセットされるような、新鮮な気分になってゆく。

「今年、御神渡《おみわた》りはできた？」

振り返り母に訊ねてみる。御神渡りとは氷上にできる氷の亀裂のことで、神が渡った跡だといわれている。

「できなんだら」

諏訪湖が全面結氷しなければ、それはできない。今年、全面結氷したのかどうかを私は知らない。しなかった確率の方がきっと高い。私が諏訪で暮らしていた頃は御神渡りができるのは当たり前すぎることだったが、上京した頃から急に諏訪湖が凍らなくなった。考えてみれば三〇年も、ずっとそんな状態が続いていることになる。

引き伸ばし機のタイマーのスイッチを入れると反転した母の姿が浮かび上がる。印画紙に露光されていく。きまって光が降り積もっていく感覚を覚える。

ああ、そういえば。私は今頃、気がついた。母の背後の倒木。それは父が亡くなる数ヶ月前に、みずからチェーンソーを使い、倒したものだ。そのことに何故、思い至らなかったのか。

どうして身体があれほど弱っているときに、それも寒い季節に父はそれを切り倒したのか。差し迫った理由などあったのだろうか。倒すことにどんな意味があったのか。いまでもその理由は謎のまま、私のなかに横たわっている。

みずからの死をどれほど予感していたのか。木を切り倒したことと、そのことは関係があるのか。そもそもガンに侵され痩せた身体のどこにあれを切り倒すほどの余力が残っていたのか。考えだすと、脈絡もなく、いろんな思いが突き上げる。

私は父を尊敬するという意識を一度も持ったことがなかった。幼い頃、尊敬する人物に自分の父親をあげる同級生がいたが、まったく理解できなかった。同時に、そう思える同級生が羨ましかったし、そう思えない自分が父に対して申し訳ない気持ちになることもあった。

でも、父が死の直前に大きな木を何本も倒したことを知ったとき、どういうわけか私のなかに初めて父を尊敬する気持ちが芽生えた。亡くなったあとのことだ。私はそのときの心境を、父の死から一年後に出版した『父の感触』という自著のなかにこう記した。

「いまの私には木を切り倒す技術もなければ、勇気もない。そもそもチェーンソーに触れたことすらない。私はわざわざ遠くまで出かけてゆき、どこで何をしていたのだろうか。どこにも行かずとも、ただ一人黙々と木を切り倒せる男になりたい、と思った」

フキノトウを母が運転する車で直売所に持っていった帰り、「富里の信号機」と地元の人が呼ぶ交差点に出た。御柱《おんばしら》街道で、まわりに家はまったくない。この信号機を境に八ヶ岳側には別荘地が広がり、逆に標高が低い方には昔ながらの集落がある。つまり八ヶ岳側に集落はひとつもない。

「ここで意識を切り替えます」

かつて、この近くの美術館で写真の展示をさせてもらったとき、そこで働く地元出身の女性が言った言葉を唐突に思いだす。私はその言葉の意味するところを瞬時に理解することができた。

境目などないのに、この信号機を境に空気が明らかに変わる。八ヶ岳側は都会の匂いがして、そこから下は土着の匂いとでもいえばいいのだろうか。その女性はこの交差点で都会から地元へ意識を切り替えて帰宅するのだと言った。

そんなことを考えていると、信号機の先の林のなかを鹿が一頭横切っていくのが見えた。

写真のなかの母と目が合う。父が切り倒した木が三本、その後ろに横たわっている。おそらく写真を撮ったとき、母も父が倒したその木の一本に自分が身を添えているとは意識していなかっただろう。木は倒されてから一一年たったことになる。意外と姿を残しているものだと思う。

私は現像液のなかに素手を入れ、その表面を緩やかに撫でる。攪拌《かくはん》するためだ。印画紙はピンセットで挟んで揺らすのが普通だが、ここまで大きいとそれができない。だから素手で表面を撫でたり、バットを持って揺らすことになる。

写真とはなんだろうか。

急にそんな気持ちにさせられる。かつて父が倒した木の前に立つ母。それを写真に収めた息子。でも、撮ったときはそれらのことが頭にはない。

写真を撮る目的がなければ、そもそも足を運ぶこともなかった。撮るという行為によって、そして暗室でプリントするという行為によって、新たな「ことがら」が生まれたことになる。

写真のタイトルは「77」とした。母の年齢からだ。その夜、展示のために写真に添えるキャプションを記した。

諏訪の冬は色を失う。幼い頃から、それが嫌いだった。死を連想させるからだ。それでいて、身を置き続けていると、ふと心地よさもやってくる。あたかも、霜焼けの痛さとかゆさが反転するさまに似てもいる。一九四〇年生まれの母は、その地を離れたことがない。実家から歩いてすぐの林へ母と向かった。一一年前に亡くなった父が、死の数ヶ月前に切り倒した木が背後で朽ちていた。

あとがき

おそらく私だけではないと思うのだけれど、旅にでたからといって、ずっと身を置いている旅先のことや、旅そのものを考えているわけではないはずだ。逆に日常をすごしている東京でのことや、これまでの日々を鮮明に思い出したり、あるいは普段考えることのなかった幼い頃の記憶を掘り返したりすることがある。

昨日の続きを一旦脇に置くからこそ、あまり思いおよぶことのない記憶の瑣末なつぶつぶの方が重要に感じられるのかもしれない。ふと旅の空の下で、さらに空想の国を旅しているような気分になることがある。正しくは記憶の異国を旅していることに気がつく。

記憶の異国を旅しているときは物事が順序立てて思考されることはなく、意味のありなしも関係なく、有効なことも無効なことも、有益なことも無駄なこともすべて同等で、穏やかに混じり合っている。それでいて唐突で脈絡がなく、やってきては無言で去っていく。あるいは別の何かを呼び起こし、連鎖し、響きあう。そこに思わぬ発見をすることもある。

この感覚はかつて遠い日々に自分が撮った写真を、久しぶりに見たときの心境とも重なる。

必要があって過去の写真を探しているとき、関係のないカットに目がいったりする。多くはフィルムをベタ焼きした状態で見るのだが、稀にすっぽり記憶から消えている一本があったりする。フィルム一本分、どのカットもまったく覚えていないのだ。

すると本当に自分がこの写真を撮ったのだろうか、もしかしたら別の誰かが撮った写真が紛れこんでしまったのではないか……。あるわけないのだが、そんな錯覚に陥る。すると記憶の曖昧さについて実感せざるをえない。本書のタイトルはそんな私自身の〝見知らぬ記憶〟に由来する。

考えてみれば、もし写真を撮っていなければ、見知らぬ記憶の断片は、なかったことになっていただろう。フィルムが感光することや、紙の上でモノとなることで、かろうじて別のかたちで記憶が残ったのだ。いや、それらが残っていたからこそ、新たな記憶がつくりあげられた、といえるのかもしれない。いずれにしても写真があるからこそ、成立することだ。さらにいえば、暗室に入ってプリントしたときの状況や季節、時間を思い出すこともある。プリント作業自体が体験だからだろう。すると一枚の写真に幾つかの記憶が重なって寄り添うことになる。

曖昧でなんの役にもたたない記憶に対する感覚を、そのまま文章にできないだろうかとずっと思っていた。その提案を受け入れていただき、連載時からご担当いただいた平凡社の山本明子さんには大変お世話になりました。そして最後になりましたが、読んでくださったみなさま、ありがとうございました。見知らぬ記憶となれば幸いです。

小林紀晴

＊初出＝『こころ』Vol.13〜Vol.37

小林紀晴（こばやし　きせい）
1968年長野県生まれ。写真家・作家。東京工芸大学短期大学部写真技術科卒業後、新聞社カメラマンを経て1991年に独立。1995年のデビュー作『ASIAN JAPANESE』がベストセラーとなる。1997年『DAYS ASIA』で日本写真協会新人賞。2013年、写真展「遠くから来た舟」で林忠彦賞受賞。写真集に『days new york』、『Kemonomichi』、著書に『メモワール——写真家・古屋誠一との二〇年』、『ニッポンの奇祭』など多数がある。

見知《みし》らぬ記憶《きおく》

2018年1月24日　初版第1刷発行

著　者　小林紀晴
発行者　下中美都
発行所　株式会社平凡社
〒101-0051　東京都千代田区神田神保町3-29
電話　03-3230-6583〔編集〕　03-3230-6573〔営業〕
振替　00180-0-29639
印　刷　株式会社東京印書館
製　本　大口製本印刷株式会社

ISBN978-4-582-83771-1
NDC分類番号914.6
四六判（19.4cm）　総ページ224
平凡社ホームページ　http://www.heibonsha.co.jp/